EL SANTUARIO

Retorno del ser a sus orígenes

EL SANTUARIO

Retorno del ser a sus orígenes

Robert Fridnand

El santuario. Retorno del ser a sus orígenes

Edición: Roberto Fernández-Acosta
      Radael Fernández Quintero

Diseño de cubierta: Roberto Fernández-Acosta

Diseño interior: Roberto Fernández-Acosta

Corrección: Roberto Fernández-Acosta
      Claudia Ribalta Contreras

Emplane: Roberto Fernández-Acosta

Registro de la obra:

INFO ABOUT RIGHTS

También registrada en CENDA (1498-11-20)

Dedicatoria

A mis amigos: Irene, Jo, Paul, Alejandro y Sofía,
de quienes soy deudor en la fe

Índice

Prefacio

*Ll*evo 51 años a bordo del *Beagle*. Mi expedición me ha llevado a los más recónditos lugares del ser. He estudiado con detenimiento a la especie humana y, aunque no soy especialista en el tema, mi constante observación me ha guiado a los hechos que develan su origen. El «misterio de los misterios» ha sido revelado, pero la criatura obstinada se niega a entenderlo. «Quien no se busca, a sí mismo no podrá encontrarse y pasará una vida desconociéndose». Quien se encuentra aprende todo lo que necesita de sí y emprende a toda vela el viaje de retorno a su origen. Cada mujer y hombre que en fe acepta a su Creador no desea más que ser recreado del polvo y recibir otra vez el soplo que le devolverá la vida a imagen de su Señor. El hombre es criatura gloriosa que ha caído en deshonor. Es semilla que niega la tierra que le da vida y solo cuando el milagro de la regeneración ocurre, la abraza y fructifica.

Se me ha pedido con insistencia escribir la historia de mi viaje. Me había negado hasta hoy. ¿Quién soy para servir de ejemplo o lección a otros? Entonces, una vez más comprendí: no es mi persona, sino los hechos de mi Salvador en ella. La historia del redimido no es la del hombre que marcha solo con su mundo y con sus fuerzas, es la del ser que por gracia se rinde y abriéndose a la cruz se abre a la constante intervención del Dios que lo ama y sustenta. Así fue como accedí a novelizar treinta años de expedición y descubrimientos. Notará el lector cuán perdido anduve y cuán ingenioso plan me renfiló. Se deleitará junto a mí con mis amigos, aquellos espejos que reflejando la gracia me bañaron de ella. Sufrirá conmigo y quizás hasta se indignará, pero como yo será rescatado y saciado del amor divino.

Esta es también la historia de El Santuario, de cómo juntó Dios a hombres y mujeres comunes para fundar un ministerio sublime. Veinte años de trabajo intenso nos han permitido participar de los frutos: hemos sido testigos de navíos cambiando el rumbo de su ignorancia y rebeldía para poner proa hacia su regreso a Dios. Muchos nos saludamos con gran alegría desde nuestras barcazas; a otros, que se adelantan demasiado, despedimos con tristeza enorme, pero también con esperanza firme; mientras que no cesamos de llamar a quienes persisten en navegar a contracorriente. El Santuario ha sido hasta hoy desde un faro, un punto de alerta para el retorno, hasta un astillero, donde procuramos que cada piloto haga de su ser un santuario para Dios (o lo repare) y desande así las millas que lo alejan de su Salvador.

Doy la bienvenida al lector a este repaso de reflexiones y sucesos pasados. Lo insto a dejar que nuestras travesías de ayer sean un impulso para su viaje de hoy. Sabrá Dios usar una vez más nuestras historias para conmover y movilizar a quien se halle en ellas en modo alguno reflejado.

Nuevos vientos se avecinan. El origen se instituye como meta. La criatura retorna al deleitoso encuentro con su Creador. El santuario se erige, Dios lo habita. El ser por fin se siente pleno, espera activo su hogar definitivo. Los cielos se gozan, imparten justicia. La tierra se renueva. La creación adora libre de dolor. Y una gran voz anuncia: ¡Mira, el tabernáculo de Dios está entre los hombres para siempre jamás!

Robert Fridnand

12 de agosto de 2020

I

Mi religión

«Me sentía como si la vida hubiera estado experimentando conmigo para estimar el umbral de desengaño capaz de soportar un individuo antes de renunciar a su religión».

Prometía ser una de las tardes más aburridas de la primavera de 1998. Puerto Grande, después del servicio dominical que las diferentes iglesias celebraban hasta el mediodía, lucía como un pueblo deshabitado. El domingo no solo era el día de culto, sino del sagrado retiro familiar. Solo al sosiego de la costa se podía acudir para, al menos ayudado por el viento y las olas, romper el silencio ensordecedor de aquel paraje de ensueño. Fue precisamente por estar ese lugar como detenido en el tiempo y en continuo letargo que decidí mudarme de mi anterior contexto citadino. Tenía mucho que pensar entonces; pero justo cuando había logrado con éxito mi cometido y tanta tranquilidad dejaba de ser necesaria, encontré el amor y con él se duplicó (indeseadamente) mi necesidad de reflexionar, a la vez que desarrollé un odio agobiante contra el silencio. Al principio yo elegí estar solo, pero desde la partida de Irene la soledad me elegía a mí. Ese día no me reuniría con los Harson como de costumbre, aunque, gracias a Sofía que me había tomado como hijo sustituto y ni siquiera un viaje urgente la haría desatenderme, igual disfrutaría de una comida copiosa.

Al regresar de la playa, mi buen vecino Jake me llamó para entregarme una carta. Él trabajaba en las oficinas del ministerio cristiano misionero Misión al Interior de América (MIA) y con frecuencia me hacía llegar la correspondencia de Irene. Desde que oí su voz y vi el sobre en su mano, un potente flujo de energía me regresó a la vida. Lo abrí e inspeccioné antes de poner el primer pie dentro de casa y, para mi sorpresa, una vez más Irene había escrito solo para mí. Parte de mi conmoción se debía a que ese mes ya habíamos recibido carta suya, y nunca dos envíos llegaban tan próximos uno del otro. La lectura de las primeras oraciones me convenció de que todo estaba bien. Entré, me recosté en el sofá y empecé a devorar sus palabras, pero... más bien fueron sus palabras las que me devoraron. ¡Irene regresaba junto a mí! Intenté, sin mucho éxito, calmar el éxtasis que me secuestró, y comencé a repasar, sin poder evitarlo, toda nuestra vida juntos desde que nos conocimos y antes.

Irene era bella y popular. Tan popular como suelen ser las hijas de ministros: bien educadas en el arte de vivir píamente, con una imagen siempre arreglada y llamativa y a la vez carente de extravagancias. Como toda hija de ministro ordenado, Irene también había desarrollado las típicas habilidades de plataforma y púlpito que hacían a los hijos encajar en la vocación pastoral de sus padres. Pero todo lo que Irene ejecutaba irradiaba una convicción y un amor profundos que superaban lo que se podía esperar de su edad. Sus ojos marrones y pequeños, su abundante pelo castaño y su sonrisa amplia y desinhibida, junto con una voz potente y dulce a la vez, eran en sí mismo un espectáculo delicioso cada vez que predicaba un sermón, o recitaba una poesía, o hacía una danza, o cantaba una canción acompañándose ella misma con el piano. Ella era la corona en constante exhibición de una familia que debía satisfacer con creces el ideal ético-religioso que se espera del alto liderazgo.

Tan solo contaba con dieciocho años cuando la conocí y, sin embargo, ya acumulaba un gran número de pretendientes que se sumaban por día. Unos más motivados por la madurez sexual que no sabían contener; otros hechizados por el ser tan perfecto que contemplaban desde los bancos del templo; otros hasta impelidos por el placer de pertenecer a la noble estirpe pastoral. A mis veinticuatro años nunca me hubiera impresionado demasiado una jovencita que apenas salía de los altibajos de la adolescencia. De hecho, fueron necesarios dos años, y el último de ellos de mucha cercanía, para llegar a amarla, aunque era notorio que Irene tenía mucha más edad que la figurada en su registro de nacimiento.

Llegué a la iglesia de sus padres como rata escapada de laboratorio. Me sentía como si la vida hubiera estado experimentando conmigo para estimar el umbral de desengaño capaz de soportar un individuo antes de renunciar a su religión. Estaba lleno de heridas invisibles, no obstante, mi apariencia infundía más firmeza y sosiego que nunca antes. Fui mejor acogido de lo que hubiera esperado. Los pastores Alejandro y Sofía Harson vieron a un joven con potencial, con lo cual añadieron a su habitual generosidad la tarea de realinearme al ministerio. Lo cierto es que poco a poco me fui acercando más a la familia y a su radiante tesoro.

Solo Irene conoció el malestar que se gestaba en mí. Yo venía de una vida ministerial muy activa.

Trabajé dos años en el campo misionero y también desempeñé otras funciones en la iglesia a la que pertenecía. Pude ver cómo gente sencilla se acercaba a Dios con sinceridad y total arrepentimiento de una vida llena de vicios ruines. Era un pequeño pueblo rural. Apenas unos caseríos un tanto espaciados entre sí. Los hombres se entregaban al duro trabajo del campo desde el amanecer. Después de su jornada, el regreso a casa significaba la oportunidad de beber con amigos y, antes de rendirse por el sueño y el alcohol, disfrutar de algún placer sexual. Una vida muy simple donde el pecado era la rutina característica de la comunidad. De las mujeres, algunas vivían emancipadas como hijas de su época y se dedicaban mayormente a la crianza de animales para subsistir; otras jugaban el rol heredado de sus progenitoras de la típica esposa que vive para complacer y disculpar en todo al hombre de la casa. En este arcaísmo, fui testigo de conversos que abandonaban el alcohol, de mujeres que dejaban de venderse o llevar vidas licenciosas, de hogares en los que desaparecía la violencia. Fue sorprendente cómo algunos de esos pueblerinos volvían a ejercitar el perdido arte de la lectura con afán de conocer la Biblia, al igual que transformaban sus tonadas vulgares en sentidas alabanzas. Aunque mi éxito en esa misión no fue rotundo —solo quince fieles y otros tantos simpatizantes—, era un trabajo que prometía devolver mayores frutos en respuesta a una labor más dedicada.

El periodo que compartí con ese pequeño grupo fue bueno, en verdad, hasta que se hizo insostenible la duda. Si por una parte el éxito incipiente entre gente humilde testificaba de un poder sobrenaturalmente transformador, por otra, la interacción con los campeones de la fe que me rodeaban me sugería que tales resultados no superaban a los que lograría un filántropo consagrado, pero sin más religión que prodigar amor. Sí, por primera vez en toda mi vida sentí que perdía mi fe. Mis convicciones en el Todopoderoso redentor iban quedando remplazadas por una visión utilitarista de la religión. No dudaba del beneficio que podía aportar una comunidad que profesara el amor entre sus miembros, ni de un mensaje que traía esperanzas contra las penurias de la vida y colmaba a su usuario de suficiente pensamiento positivo como para intentar vivir mejor. Así me convencí de que el cristianismo bien practicado era solo una especie de educación comunitaria con una misión moralizante supervisada por un dios invisible e inexistente pero tododotado de virtud; una ideología positivista que funcionaba como aliciente ante un universo carente de significado y caprichoso e impredecible a la hora de propinar dolor o felicidad. Hoy, aún con tristeza, veo cuánto desvariaba en mi error.

Ese fue el joven «prometedor» que se adentraba en la respetada familia pastoral de la iglesia de Puerto Grande. Si bien al inicio había intentado alejarme de todo vestigio de religión, al final me convencí de mi necesidad por una religión atea. Así que seguí haciendo lo que en definitiva había practicado toda la vida: me reunía con creyentes, cantaba y oraba en público —y hasta a veces en privado (me hacía sentir bien)— leía la Biblia (siempre me resultó extraordinaria) y hasta recomendaba a otros seguir esta vida. También puse límites a mi cinismo piadoso: aprendí muy bien el arte de callar. No me atreví nunca a desalentar a nadie con mis ideas. Entendí que cada quién debía ser libre para entregarse a este camino de la manera que quisiera sin importar cuán ingenua pudiera ser. ¿No era acaso el mérito de la religión otorgar felicidad a sus consumidores? ¿Quién era yo para establecer la forma en que esta debía ser adornada y entendida? Solo me molestaban los excesos de autoridad que ocasionalmente provenían de las puntas de la pirámide, y aun ante ellos callaba. Como mismo nadie se comería la salsa que le resultara demasiado picante, no veía necesidad de intervenir con mi clarividencia. La sumisión parcial o total a los rigores propugnados podía ser ventajosa para alguien hasta que entendiera lo contrario y adoptara otra posición más conveniente. Asimismo, rechacé cada una de las propuestas de participar desde el púlpito en el culto público. Sabía que mi desenfado me haría hablar de más. Entonces, perdería la imagen de sujeto virtuoso y reservado que con extraña facilidad difundía y, al final, mi lugar en la comunidad. Mi único interés era gozar de amigos sanos cuyas normas morales compartía y, llegado el momento, encontrar una esposa fiel y dedicada.

La amistad de Alejandro y Sofía fue la confirmación que necesitaba para convencerme —ahora con el peso de la evidencia y no solo con el de las ideas— de lo acertado de mi postura. Sentí «orgullo santo», así me dije un día a mí mismo cuando reflexionaba en los logros de mi posición. Imbuido como estaba en la fraseología cristiana, añadí el término «santo» a la jactancia que reconocía en contra de todos los cánones. Tanto se convencieron de mi callado pero íntegro proceder en fe que no opusieron la menor duda ante el amor bien correspondido que sentía por su hija. Ella entonces tenía veinte y yo justo arribaba a mis veintiséis, edades que se ajustaban bien a un matrimonio tras un año o menos de noviazgo según la usanza cristiana occidental. El inicio de mi relación con Irene significó para mí la consumación de mis mayores ideales de vida buena. Lo tenía todo: amor fiel y apasionado, amigos leales, una microsociedad ejemplar y los restantes aspectos de mi vida también se beneficiaban de la paz que conseguía con los primeros. Todo esto creí haberlo ganado por haber sido tan buen aficionado a la religión del bien. Ahora comprendo —y cuánto me maravillo— que la misericordia de Dios obraba por medio de mi impudicia.

El amor creciente por Irene (ahora mi prometida) me devolvió, sin embargo, a la desdicha del primer tiempo, cuando me decepcioné de la religión. Al amarla más, la pureza de su fe me hacía sentir miserable e hipócrita, sobre todo cuando estaba a su lado. En algún momento hasta intenté desmontar todo el sistema de razonamientos que ya llevaba años construido. Sí, por ella deseé volver a creer en Dios. Traté de verlo tan real como el brillo de los ojos de mi amada cuando hablaba de Él. Pero eso fue tan imposible para mí como es para un adulto inmerso en cuestiones terrenales percatarse del «elefante que está siendo digerido en el interior de una serpiente boa». Irene era real y hermosa en todos los sentidos, su amor por mí era real y puro, su fe era real y digna. ¿Cómo podía autosugestionarme lo abstracto que ya había rechazado si tenía en frente lo real-palpable que tanto me satisfacía? Su fe me deleitaba porque representaba los ideales de virtud por los que había apostado, pero me laceraba al hacerme quedar mentiroso frente al ángel cuya mirada ya no podía soportar.

No logré evitar que ella notara la angustia que me acosaba. Su pregunta sobre qué estaba cambiando mi actitud fue hecha con el malestar de quien se siente golpeado y no sabe por qué. Tampoco pude eludirla. Recuerdo bien ese momento... Estallé frente a ella.

—Amor, me duele tanto dañarte —le dije—. Pero ya no sé qué hacer. Si callo, exploto y tú lo notas. Si confieso, también te heriré. Solo quiero que sepas que jamás te haría sufrir intencionalmente.

—El dolor más insufrible siempre será el que proviene del engaño —contestó ella—. Anda, amor, cuéntame qué te sucede. Yo seré toda oídos y sabré entenderte. De todas formas, aunque no lo creas, nada de lo que digas me sorprenderá demasiado. He aprendido a mirar en tus ojos y desde hace tiempo percibo que te traicionan cuando estamos juntos. Dime, ¿qué te impide amarme con libertad?

—Irene —dije en tono suave como quien modula la voz para iniciar un largo discurso—, primero tienes que saber que la vida cristiana allá afuera no es tan perfecta como tú supones. Vives en un hermoso hogar y todo lo que conoces es la religión administrada por tus padres, los cuales siempre te protegerán y nunca harán nada que te dañe. Sé que no eres una niña incauta y que habrás tenido que lidiar más de una vez con situaciones difíciles propias de la maldad humana, pero no me refiero solo a eso. Yo hablo del engaño, o más bien el fraude, enquistado en el corazón de creyentes eminentes. En un inicio los culpaba y arremetía contra ellos como si de casos aislados se trataran, luego me fui convenciendo de que tanta piedad bíblica no era más que un pretendido ideal del que había que presumir para mantener la impuesta imagen de hombre o mujer todolleno de Dios. Así, pasaron de ser el objeto de mi acusación al de mi compasión. Creían que mantener su posición implicaba sobrepasar a toda costa la moral media de la congregación y lo único que lograban era ocultar una vida de problemas humanos que, precisamente por encubrirlos, se convertían en atrocidades crónicas cada vez más dañinas. ¿Pero dónde estaba el Espíritu santificador y sus frutos de gracia? ¿Es que todos eran simples farsantes en los que la fe no podía funcionar? No, entendí que no. Cuando un hombre o mujer lo apuestan todo por un ideal erróneo, así es como terminan: confundidos y defraudados de pies a cabeza. Algunos, como yo, despiertan; otros persisten culpando a alguien más o a sí mismos por sus inconsistencias. El caso es, mi querida Irene, que determiné que ese trato sobrenatural de Dios con el hombre no podía ir más allá del deseo y la posibilidad humana de automejorarse. También conocí a muchos ateos con vidas tan dignas como para retar al más aclamado de nuestros iluminados guías, y ellos no tenían por qué fingir. Sabían tomar decisiones difíciles y terminantes con tal de vivir una vida plena y que a su vez también lo fuera para todo el que los rodeara. Así, tomé por más estimable la actitud de aquellos «sin dios» que todos los irrisorios esfuerzos de los cristianos más prodigiosos. Los primeros me parecían valientes y consecuentes con la realidad; los segundos, cobardes extraviados y patéticos como hormiga que lucha por escapar de lo que es para ella un océano infranqueable, con la única diferencia que el insecto lucha por la vida y ellos, por la apariencia de consecución de un ideal fanático.

»Con todo, aún creía en Dios, quizás uno más distante y parecido al de los deístas, pero, con total seguridad, más interesado en el amor y la sinceridad que en estrictas normas morales inalcanzables.

»De haber quedado todo ahí, seguiría siendo un cristiano más bien convencional y tal vez a la larga seducido de nuevo por la jerga general. Mas no fue

así. Y aquí también, Irene, tú has sido muy privilegiada. Reconozco que todavía no lo sé todo sobre ti,
pero, si no me equivoco, en tus casi veintiún años
de vida no has tenido que enfrentar ningún evento
tenebroso en verdad. El azar de un mundo ingober-
nado aún no ha trocado tu visión pueril del cristianismo. No te ofendas, mi ángel, pues esa misma pue-
rilidad combinada con buen juicio y sensatez —así
de extraña y especial eres— me sedujo y enamoró
profundamente de ti.

»Pero basta que algo te toque de cerca para que
abras los ojos al caos irreparable que nos circunda
a diario. Experimenté el «tropiezo de Asaf» sin que
la reflexión teológica me levantara o me impidiera
caer. ¿Cómo puedo concebir este universo como una
realidad creada con intenciones gloriosas? ¿Cómo
puede existir un orden moral objetivo? ¿Cómo puede
haber, en definitiva, un Dios o supremo guardián?
Sé que hay respuestas para estas cuestiones, pero las
hallé tan vacías como la supuesta gran moral de los
dirigentes religiosos: más un intento de salvaguardar
clichés que de exponer la verdad. La muerte y las
desgracias, así como la dicha, son aleatorias. Solo
podemos inclinar, por un tiempo, la balanza de las
probabilidades hacia un estado, pero se impondrá
al final la ley del caos, la única que gobierna este

mundo y quizás la única que merezca veneración aun cuando por ello no cambiará su impredecible accionar. No hay más justicia en esta tierra que la que puedan imponer sus únicos seres conscientes. No hay más futuro que el que pueda legar una generación a la otra. No hay más virtud que la que garantice la supervivencia de la manada. La naturaleza que se autocreó es quien gobierna, a la vez que nos estimula a crearnos ilusiones de un gobierno propio mediante deidades inventadas, aunque revestidas de lo mejor del ideal humano. El verdadero creador siempre muestra su faz, pero muchos prefieren evitar su potente incandescencia para crearse un dios que, aunque estricto y segregador como quien le dio la vida, es manipulable y predecible. Entonces, Irene, aunque solo por breve tiempo, vi en la religión un verdadero opio, pero no uno que produce analgesia, sino que desorienta y destruye, como la ilusión que pone en peligro la vida del sonámbulo y de quienes lo rodean. Pero no todo fue negativo. Conocí a buenos «durmientes» que parecían llevarse muy bien con la vida. Ellos, a diferencia de mí, no hallaban razones para pelear contra la fe. No se sentían desencantados por nada ni nadie. Simplemente les iba bien. De ahí comprendí que la religión podía ser un buen anestésico contra las incongruencias de la naturaleza;

una creación social, similar a la jurisprudencia y al deporte, que le vino a la humanidad como un mecanismo de supervivencia y adaptación a las inclemencias de un mundo salvaje. Y empecé a amar de nuevo a quien había decidido odiar. No tenía sentido oponerme a lo mejor de nuestra herencia ancestral, sabía que era necesaria. Sí, todos necesitamos la religión. Todos hemos evolucionado para sacar provecho de ella de alguna manera. Unos disfrutan desde adentro su dulce letargo; otros sacan partido de la bondad de los devotos; otros se han hecho famosos por criticarla o reformarla y, como en toda creación social, cada hombre y mujer contribuye, conscientemente o no, a adaptarla a las necesidades de los tiempos. Tampoco faltan los que la usan como disfraz para cometer actos vergonzosos y hasta violentos, como el criminal que se aprovecha de la sala de juicio para ahondar sus ganancias y se las ingenia para burlar la justicia de la corte. Estos merecen ser castigados con severidad, en primer lugar, por el alto crimen de usar convenciones sagradas para ejecutar su vileza.

»Comprenderás, como es obvio, que dejé de estar enojado con Dios, aunque en realidad no sé si alguna vez estuve así. ¿Cómo me hubiera podido enojar o sentir cualquier emoción hacia quien no existe? Mi verdadera cólera fue contra mí mismo y mis expectativas autosugestionadas, mas «cuando desperté, Dios todavía estaba allí». Ahora lo amo con pasión. Amo el recurso que la vida nos ha dado para sobrevivir a cualquier desgracia y mantener a los hombres más unidos. Amo el proyecto humano que siempre nos da esperanza y nos enseña a vivir en respeto y armonía. Reconozco que todavía la humanidad tiene que aprender a usar este tesoro para no causar división con lo que fue dado para unir, pero me contenta ver cuánto se ha avanzado en esto y cuán promisorio resulta el nuevo milenio que se acerca.

»Irene, mi amor, no importa cómo veamos a Dios. Tú crees en Él y yo también. Tú lo adoras y obedeces y yo también. Lo buscas y así hago yo. Oras, le cantas y lees absorta uno de sus manuales y así, como bien sabes, hago yo también. Caminamos por líneas convergentes y hasta nos podemos ver el rostro y estrechar las manos de lo cercano que andamos. Sentía temor de lastimarte y a la vez me dolía tener que ocultarte esto. Había decidido callar y no como quien guarda silencio por vergüenza, no, sino como quien sabe que una verdad es demasiado pesada para dejarla caer en hombros que no están preparados para ella y, además, sabe que la «no verdad» no es mala en sí misma y hasta puede transformarse espontáneamente en «la verdad». Yo seguiré callando y nunca me opondré a la forma en que alguien esté siendo bendecido por Dios. No te hablo con cinismo, amor, nunca podría actuar así contigo y creo que con nadie. Tú, sin embargo, te fundirás conmigo en un solo cuerpo. Mantendrás tu mente y yo la mía, pero tan entrelazadas por el amor y su constante consumación física y emocional que nuestros pensamientos fluirán entre carreteras abiertas, y a cada arribo no habrá más que placer ante el mayor conocimiento del otro. ¡¿Te imaginas?! Cuánta dicha unirme más a ti y amar cada descubrimiento de tu ser. No solo besaré hasta el cansancio tu cuerpo desnudo, sino también tu alma libre de todo velo. Mi placer no solo será el éxtasis de un amor que se transmite poro a poro, caricia a caricia, sino mente a mente, pensamiento a pensamiento. Mi yo será tuyo y tú serás mi yo. Dos en uno y uno en dos. ¡Contémplame, Irene, sí, conoce al hombre que ya te ama tanto y sabe que te amará sin medida cada día más! ¡Cuánto agradezco a Dios por haberte puesto en mi camino! Te amo.

Así terminó mi diálogo con Irene aquella tarde. Fue más bien un monólogo porque ella, fiel a sus palabras, solo se dedicó a escucharme. Hablé con tanta exaltación que no noté hasta el final que sus hermosos ojos se habían teñido de verde ante el resplandor del sol, y que el brillo de sus lágrimas les hacía irradiar más luz. Tal espectáculo me impulsó a besarla y a enjugar con mis labios los surcos de llanto que con lentitud se abrían paso por sus mejillas. Ella me correspondió con similar pasión, aunque prefirió abrazarme. Un abrazo tan cálido que nunca lo olvidaré. Unos minutos después me dijo con un rostro cargado de gran solemnidad: «Yo te amaré siempre en todas las formas posibles que una mujer puede amar a un hombre. Estoy, y Dios lo sabe, tan ligada a ti como si ya hubiéramos hecho votos sagrados ante su altar. Nunca lo olvides».

Sonrió, tocó mi cara y mis labios con ternura y se marchó hacia su casa junto con los últimos rayos de sol de aquel día. No lo noté entonces, pero sus palabras, que tanto hicieron regocijar a mi corazón, fueron su forma de decir adiós.

II

Un consejo inesperado

*«¿Acaso no entiendes todas las posibilidades que se te abrieron el día que
resolviste dejar de creer?»*
Irene Harson

*L*argo rato estuve sentado sobre el viejo sofá de mi sala mientras recordaba cientos de detalles. En ese mismo sitio había compartido muchas veces con Irene. Y aunque nunca estuvimos solos en casa, tenerla conmigo en un espacio que me pertenecía fue una de las experiencias más estremecedoras que experimenté a su lado. Irene fue mi primer amor. Entregado como estuve a la vida cristiana, según la concebía antes, siempre me mantuve al margen (salvo una excepción) de las relaciones sentimentales, las consideraba como distracciones a mis ideales de servicio cristiano. También fui yo su primer amigo íntimo y amor. Nuestra unión fue la de dos seres inexpertos y debido a ello fue tan intensa y pura. No había nada que reproducir ni mayores expectativas que estar junto al otro y dejarse llevar por el embeleso del amor que nos colmaba. Valorábamos tanto lo que teníamos que cualquier contradicción se volvía intrascendente en minutos y siempre nos las arreglábamos para encontrar una salida conveniente para ambos.

Así fue durante los seis meses que duró nuestro romance, hasta que Irene resolvió que debía partir hacia un viaje que no tenía fecha segura de retorno. Decidió irse justo cuando ya hablábamos de matrimonio como un hecho inminente, lo cual, a su vez, satisfacía con creces a todos nuestros conocidos y familiares. Claro que le propuse adelantar nuestra boda para irme con ella. Yo la habría seguido hasta el fin del mundo. Pero por razones que solo entendí después, ella decidió marcharse sola.

Todo este asunto de su viaje misionero, según me contó, surgió mucho antes de conocernos. Ella sintió el llamado de Dios a las misiones cuando la Misión al Interior de América, cuyas oficinas aún radican en Puerto Grande, inició sus primeras labores.

Entonces tenía dieciséis. Ahora, tras casi cinco años de espera, estaba convencida de que era el momento. Me habló de esto dos días después de mi confesión. Desde aquella tarde no nos veíamos porque yo había tenido que hacer un corto viaje para resolver cuestiones familiares. Regresé y sin tan siquiera quitarme el polvo del camino la busqué. La extrañaba demasiado. Pusimos al día nuestros afectos y vivencias, y entonces a nuestra última conversación espinosa le siguió otra aún más complicada. Esta vez ella fue la confesante, pero yo no supe devolverle su buen juicio y escucharla con paciencia como ella había hecho conmigo.

—¿Estás bien? Te noto preocupada. Si es por lo último que hablamos yo...

—No —me interrumpió ella—. No se trata de eso. Es algo más que he querido decirte desde hace un tiempo. Y sí, en gran manera nuestro último intercambio ha hecho que comunicarte esta decisión sea muy difícil.

»Hace alrededor de cinco años se celebró en nuestra iglesia un servicio dedicado a las misiones. Fue dirigido por la directiva de la MIA, que en ese tiempo acababa de organizarse. El propósito fundamental fue dar a conocer el nuevo ministerio misionero para conseguir colaboradores que pudieran apoyar económicamente a los misioneros que se estaban preparando para partir. Sin embargo, para mí aquel día significó una revelación de mi Señor. Supe, sin duda alguna, que Dios me estaba llamando a las misiones. Desde entonces he orado para conocer el momento exacto de Dios para ir. Como bien sabes, hace poco más de un mes, hubo un comunicado de la MIA a las iglesias de la zona para recibir a nuevos misioneros que estuvieran deseosos de unirse al trabajo de campo, dado que una buena parte del personal, que lleva años en el servicio, ha decidido regresar por un tiempo. Con la misma certeza de la primera vez, entendí que ahora Dios me llamaba al acto inmediato. No te lo dije, amor, pero me puse en contacto con ellos y desde entonces he estado a la espera de la confirmación para partir hacia la Amazonia e iniciar el periodo de entrenamiento, tras el cual mi grupo se internará en una de las misiones de la selva donde algunos misioneros esperan ser relevados. Se suponía que todo comenzaría en unos tres meses, pero lograron reunir los fondos necesarios y el viaje se adelantó. Salgo en dos semanas.

Sus últimas palabras, que anunciaban su inminente partida, me sacudieron. La firmeza con que me había comunicado todo me resultó demasiado odiosa, quizás porque conocía bien ese sentimiento de «ser llamado» por Dios. Yo mismo lo había experimentado cuando tenía su edad. Convencido como estaba de que no era más que un arrebato religioso proveniente de la ingenuidad y del gusto por lo martirizante que desarrollan algunos creyentes, le contesté con una inusual rudeza.

—Irene, tú no lo sabes, pero estás equivocada. Crees que toda la seguridad que sientes proviene del más allá y que, como tal, todo te irá bien. Pero escúchame, como bien conoces yo también fui misionero. Experimenté la sensación engañosa que refieres y te puedo decir que no es divina; es una mera proyección humana. Además, ¿cómo puedes tan siquiera concebir la idea de irte sin mí? ¿Por qué sospecho que el fin de esta conversación no será un mutuo acuerdo como otras veces? Por mi parte, Irene, sabes que estoy dispuesto a apoyarte. Iré contigo.

—No puedes ir conmigo y lo sabes.

—Claro que iré. Si tanto deseas eso, nos casaremos de inmediato. ¿O es que ya no te intereso? —le dije con voz crispada.

—No me hables así —contestó suspirando—. ¿Crees que es fácil para mí? Tú eres el hombre de mi vida. Claro que pensaba iniciar esto contigo, pero ahora es imposible.

—No es imposible. —Mi tono de voz seguía irritado—. Ya te dije que te apoyaré. ¿No es lo que he hecho desde que nos comprometimos? Ahora será igual.

—No, no puedo permitir que te lances a una empresa en la que todo depende de la fe en el Dios que te envía solo porque no deseo separarme de ti. Eso sería demasiado egoísta. Todos los que vamos somos cristianos comprometidos. Creemos con nuestras vidas en todo lo que tú llamas religión inventada e ingenuidad frenética. Y estamos dispuestos a pagar el precio que fuere necesario por nuestro llamado. La posición que crees que aquí te ha funcionado, allá solo te hará blasfemar más de Dios. Aquí experimentas confort y buena compañía a pesar de tu gran confusión y delirio. Allá solo estorbarás con tu actitud lo que mi Señor me ha encomendado y con todo gozo me dispongo a hacer. Consentir en que vayas conmigo no solo es engañar a todos, sino que es elegir entre tú y Dios, entre sus designios y los míos. Y aun con las lágrimas y el gran pesar que siento ahora, sabes cuál será mi respuesta.

Nunca la había visto sufrir así. Pese a toda la indignación que sentía, ver el rostro en el que me deleitaba sembrando sonrisas y pasión envuelto en llanto me quebró. Sus palabras, sin embargo, no perdieron un ápice de firmeza en toda la conversación. Ella lograba sufrir sin desmoronarse, lamentar sin retractarse, como si fuerzas sobrehumanas en verdad la sostuvieran.

—Está bien, Irene —le dije con voz más tranquila—. Por hoy creo que hemos hablado suficiente del asunto. Pasemos el resto de este día en paz. Déjame disfrutarte ahora que te tengo.

Me miró con dulzura, me besó y solo añadió: «tú siempre me tendrás».

La noche de ese día transcurrió en total calma. Sus padres me habían invitado a cenar. Después de la grata reunión pasé tiempo con Irene, como solíamos hacer, sentados cerca del traspatio junto al arbusto galán de noche, cuyo aroma se había convertido en un símbolo de nuestro romance. No tenía intenciones de arruinar el momento, pero múltiples dudas me invadían. Así que con su mano tomada y la voz más suave que podía emular, decidí hablarle.

—¿Qué crees que pasará con nosotros? —le dije—. Ni siquiera sé por cuánto tiempo te vas a marchar.

—Tampoco lo sé yo —me contestó—. Solo sé que es esto exactamente lo que debo hacer. En cuanto a nosotros, desde la primera vez que intercambiamos palabras más allá de un saludo formal, supe que llegaste para quedarte en mi vida. Aún tenían que transcurrir casi dos años para comprometernos, y ya sentía mi corazón como tuyo. Nunca lo notaste (tampoco yo permitía que lo descifraras demasiado fácil), pero yo te amé primero. Esperé con paciencia que tú sintieras lo mismo y aquí estamos. Sí, por una parte, ya te extraño y me duele la distancia, por otra, sin embargo, no desespero, sé que estarás ahí para mí y que nuestra historia tendrá un final glorioso. Lo supe desde el principio y ahora no tengo ninguna razón para dudarlo.

—¡Vaya! —Suspiré—. Veo que lo sabes todo tan bien como si ya lo hubieras vivido. Yo... no sé qué hacer cuando tú te marches. Siento tambalear la estabilidad que he construido en torno a mi ateísmo religioso. ¿Será justa una religión que nos separa? ¿Cómo puedo ser fiel a una ideología que me arrebata la felicidad una vez más?

—No, no puedes —me dijo ella en un tono ferviente y apretando con fuerza mis manos—. Deseo que seas infiel a cada una de tus determinaciones actuales. De qué sirve una moral estricta si no se fundamenta en un Dios creador real. ¿No sería mejor seguir el camino de los hedonistas y buscar el supremo bien del placer? Así estarías por entero reconciliado con tu cuerpo, y todas tus pulsiones y pasiones serían tus amigas más deseables, mientras que tu única limitación sería intentar no dañar la libertad y felicidad del otro. Si ya para ti no hay Dios, ¿por qué vives como si la vida tuviera sentido? Sin

Dios todo es azar y solo te resta construir tu propia esencia con las decisiones que tomes a diario. Eres libre de realizar todos los proyectos que quieras, de retractarte y volver a empezar. Ya nada es bueno o malo, sino conveniente o no. Tú eres tu propio dios y tienes el poder de crearte y recrearte a ti mismo. ¿Acaso no entiendes todas las posibilidades que se te abrieron el día que resolviste dejar de creer? ¿Por qué te sigues aferrando al sistema de un dios que te resulta falso? Te amo, pero no quiero ver tus lealtades tan divididas. Escoge un solo señor al que ser fiel para que puedas ver adónde te lleva. Quizás sea esa la única forma de encontrar la verdad.

—Me sorprende que me hables así —le dije—. Esperaba de ti un constante llamado al arrepentimiento y a la reconsideración del cristianismo como real.

—¿Y acaso, justamente porque es eso lo que esperas, te serviría de algo tanta repetición? ¿No te volvería cada vez más insensible escuchar lo mismo, aunque viniera de mí? No, mi reto es que vivas conforme a lo que piensas y averigües el final que acarrea.

—Yo vivo conforme a lo que pienso —le respondí con mucho énfasis—. Considero inútil una vida libertina y creo que a eso es a lo que me estás retando.

No necesito una vida al estilo donjuán para sentirme realizado y a la vez sé que nada me impide llevarla si quisiera. Te jactas como muchos creyentes de andar en el único camino que permite una vida con principios. Yo no temo a dios alguno, ni al mismísimo infierno, y aun así decido cada día ser fiel a mis propios ideales de vida buena, lo cual incluyó amarte y entregarme solo a ti desde el primer día que supe que te quería.

—Yo no le temo a Dios —me dijo con tranquilidad como tratando de corregir mi creciente, aunque todavía ligera, exasperación—. No como tú crees. Él es en verdad temible, como cualquiera que tuviera el poder y el derecho de hacer lo que quisiera con tu vida. Pero mi relación con mi Señor no es de temor, sino de plena satisfacción y mi mayor temor es perder o dañar, seducida por mis impulsos humanos y las circunstancias, esa armonía. ¿No fue eso lo que ocurrió contigo? Abandonaste tu fe por considerar inconsecuente todo lo divino. Eres el típico desertor que huye abrumado por el desencanto, pero que no sabe que de lo único que está huyendo es de sí mismo. No fue Dios quien te falló, sino tu imagen de Él. La única falsedad que has descubierto radica en la disfuncionalidad de tus convicciones.

»La misma cruz de Cristo testifica en contra del idealismo religioso del que muchos presumen y del que tú renegaste como si fuera la única versión existente del cristianismo. La cruz es perdón y reconciliación constante. Es socorro para el que agoniza. Sea creyente de años o neófito, sea ministro o laico, liberal o puritano. La cruz es provisión continua, no carga; sustento eficaz, no tropiezo. Los que en verdad la han conocido solo hallan fuerzas en ella para continuar su peregrinar al cielo. Pueden glorificar al Dios que les satisface tanto el intelecto y las emociones como la voluntad. Estos reconocen su falibilidad expresamente y no buscan ocultarla pretendiéndose santos intachables. No viven de la mojigatería, más bien aprenden a enfrentar su propia maldad rindiéndola con sinceridad ante Dios y los hombres. Los que confiesan son los que dan el mejor ejemplo de lo que la gracia es y hace. Son los hombres y mujeres de fe auténtica que se disponen a tomar su cruz cada día negándose a idolatrar su yo para vivir con Cristo sin rechazar su calvario.

»Mi amor, tampoco me jacto, como dices, de vivir con altos principios. Debes entender que el cristianismo y la ética son dos cosas muy diferentes. Tanto como lo es la causa de la consecuencia. Muchos como tú confunden uno con lo otro. ¿Qué demostración moral pudo haber hecho el criminal de la cruz? ¿Acaso restituyó los bienes robados o las vidas tomadas? ¿No siguió sufriendo la justa condenación humana que lo hacía pagar como el ser despreciable que era? ¿Y acaso no fue salvo ese mismo día? En cierto sentido todos somos como él. Dios nos salva en medio de la impotencia que nos incapacita para ganar su favor o satisfacer sus normas de bien. Y pese a que su libertad también incluye un gusto sobrehumano por su justicia, seguimos clavados a una cruz que nos paraliza y condena, a menos que vivamos confiando en Él como la única fuente de poder.

»Ni siquiera en el Edén, cuando el hombre fue puesto a prueba, la mera obediencia le hubiera garantizado la vida eterna. De él se esperaba una entrega, un acto determinante de compromiso voluntario representado en la participación del árbol de la vida. Las obras siempre han sido una evidencia de la fe (que es lealtad y amor), por lo que no constituyen un fin en sí mismas. Recuerda la historia del joven rico. Él guardaba toda la ley y aun así fue reprobado con severidad. ¿Por qué? Porque se negó al llamado del maestro: «Ven y sígueme». No fue negarse a vender todo y darlo a los pobres su mortal error. Fue no reconocer a Jesús como su Señor aun cuando percibió su calidad de «maestro bueno». Ese día despreció su salvación y abandonó a su salvador. Pablo mismo solo llegó a ser un héroe de la fe cuando se reconoció como el peor de los pecadores. Mientras se creyó «irreprensible», y a su forma se esforzaba por serlo, no era más que un fiel exponente de la alta moralidad de la humanidad perdida, capaz en su fervor de justificar los crímenes más atroces.

»La ética y la moral son frutos que certifican el terreno que nos sostiene, que a su vez revela el tipo de árbol que somos. De esta forma, cada falla, cada fruto que no abundó cuando se esperaba, cada rama estéril, es un recordatorio de nuestra necesidad por el Dios que vivifica y sabe construir con pésimos materiales un altar de adoración a Él. La ética no es nuestro fin. No somos moralistas sedientos de hacer valer normas universales de integridad. El fin del creyente verdadero es volver al Dios que lo ha amado desde el principio y del cual se ha descubierto irremediablemente lejos. Así, cada día es un paso más de fe de la criatura que va gozosa al encuentro con su Creador. Nuestro llamado al mundo incrédulo no es: ¡Sean buenos! ¡Ámense más unos a otros!, no; es un grito de «¡reconcíliense con Dios!».

»Ahora bien, todo encuentro con Dios es transformador. Todo el monte Sinaí temblaba y humeaba ante la presencia de Dios; un carbón encendido ardió en la boca de Isaías cuando fue llamado; ciento veinte testificaron en lenguas extrañas cuando fueron envestidos de poder de lo alto; Juan cayó como muerto ante la contemplación de la majestad divina. Todo el que por gracia y fe se acerca y rinde ante Dios es concebido de nuevo y adoptado como hijo suyo. Es miembro de la nueva creación divina y un anticipo de la restauración que acontecerá de todas las cosas. Ha recibido una nueva naturaleza que ya no se puede gozar con estilos de vida ajenos a la esencia de quien lo engendró. Por tanto, aunque el mal permanece en su constitución, es valorado como extraño e indeseable, una reminiscencia de su pasado y una revelación por contraste de su futuro, en el que toda maldad será absorbida por aquel que, como Dios, la venció en la carne.

»Tampoco quiero que la desgraciada vida libertina a la que te refieres te alcance. Pero tienes que saber que libertinaje no es solo donjuanismo, es la consecuencia de vivir una vida centrada en sí mismo como reacción ante la nada que se observa fuera de sí. Si no hay más verdad que la elaborada por los únicos seres pensantes que habitan la tierra y esta muere con ellos —con lo cual también moriría Dios, quien, en definitiva, solo es una expresión del pensamiento humano—, la vida es una condena. No solo estás condenado a la muerte, sino también a defenderte hasta la muerte y cada estilo de vida que escojas, sin importar cuál, será solo un puñetazo más al aire con el cual intentarás sin éxito aferrarte a la vida. Serías como cualquier animal, solo que vivirías por instintos más avanzados, dado que tienes la singular capacidad de hablar. A esto me refería. Prefiero verte rendido ante esta filosofía de la nada que navegando entre dos mares sin pertenecer a ninguno. Lo primero te permitirá comprobar por ti mismo lo que ahora defiendes con pasión, y vives a medias. Porque aun cuando piensas que has salido del cristianismo clásico para optar por tu propia versión, todavía retienes un temor místico a sentirte demasiado lejos de él. Y en tu estado actual entiendes tan poco lo que te ocurre que te sientes lúcido cuando andas más anegado por la confusión que nunca antes.

A pesar de que entre las cualidades que amaba de Irene se encontraba su inteligencia y buen juicio, me sorprendió mucho oír de ella tantas palabras hilvanadas de una vez sobre puntos tan complejos para mí. Era como si ya hubiera reflexionado sobre todo esto, pero no en forma abstracta y especulativa, sino forzada por la experiencia. Pero... ¿cómo una niñita de pastores que creció en una cápsula de cristal y que todavía seguía tan enrolada en sus ficciones, como para querer partir a una selva en virtud de un supuesto llamado de Dios, podía haber alcanzado tal madurez de pensamiento? Tanto me intrigó su charla entonces que me preocupé más por averiguar cualquier evento de su vida que pudiera explicar su perspicacia que por el valor propio de sus palabras aplicadas a mí. Mi obstinación tampoco se hubiera quebrado por un simple discurso (sin importar lo bueno que este fuera). Había llegado a ese punto en el que se escucha muy poco y la razón está demasiado sesgada como para analizar con franqueza cualquier contrapropuesta. Sin embargo, sus palabras fueron como semillas que aguardan las mejores condiciones para germinar. Yo lo ignoraba.

El diálogo de aquella noche no se extendió mucho más allá de sus últimas palabras. Era ya tarde y el reloj forzaba mi partida. Solo le di las gracias por su sinceridad y consejos y le reafirmé mi voluntad de esperarla el tiempo que fuera necesario. Ella sonrió como si esa declaración fuera todo lo que necesitaba escuchar para sentirse plena. Yo la besé y me marché.

Los últimos días que pasé con Irene fueron más bien turbulentos. El anuncio público de su inminente partida fue todo una conmoción. Entre cenas de despedida con parientes y amistades, la nostalgia imperante y el desacuerdo explícito de algunos, los preparativos del viaje y hasta reuniones de última hora con los directivos de la MIA; casi no pude pasar tiempo de calidad a solas con ella. Sentía que la estaba perdiendo, pero no por los miles de kilómetros que en breve nos separarían indefinidamente, sino como si estuviera muriendo de una enfermedad terminal que aún le permitía conservar su vitalidad por unos días para después llevársela por siempre. Esa angustia me torturaba y fue la única razón por la que le pedí desistir en varias ocasiones, en ninguna de las cuales ella articuló palabra alguna. Solo me abrazaba o me besaba, a veces con lágrimas, con ese afecto profundo que solo pueden sentir los que se aman y se tienen que decir adiós porque fuerzas superiores a ellos mismos los reclaman. Entonces le devolvía el silencio y trataba de aspirar, en el contacto, sus energías. Fuera de momentos como esos Irene parecía muy feliz y decidida, como si yo fuera lo único que en realidad le importara dejar atrás.

Así llegó el último día. Después de la cena de despedida apenas nos pudimos reservar unos minutos de intimidad. Me pidió que orara por ella. Yo acepté sin reparos. Solo puse mi frente junto a la suya, a la vez que sostenía su cabeza con mis manos, y elevé las palabras más sinceras que en años había podido levantar al Cielo. Pedí por su seguridad y éxito y con más vehemencia clamé por su regreso en un tiempo menor al máximo que nuestras fuerzas pudieran soportar. Fui breve, pero al terminar esa oración su beso firme me pareció la mejor confirmación de que fui escuchado y se me había concedido mi petición. Fue la última vez que nos besamos en años. Su primer vuelo salía de madrugada y la venían a recoger a la puerta de su casa en tan solo unas horas. Así que, tras unas últimas palabras y promesas, nos abrazamos y con gran nostalgia la dejé ir.

III

Una oferta más que inesperada

«Te amaré como esposo y hermano del alma»
Irene Harson

Contrario a su consejo, los años que transcurrieron tras su partida no fueron testigos de muchos cambios para mí. Visitaba casi todos los días la casa de sus padres embaucado por la sensación de que al acercarme a ellos también me acercaba a Irene. Ellos notaban mi angustia a la vez que no entendían por qué no la acompañé. Ese fue el precio de mantener nuestras confidencias a salvo: quedé como el hombre que la amaba, pero no fue capaz de seguirla. Aunque siempre amables y muy respetuosos, sabía que me responsabilizaban por el hecho de que su hija estuviera sola en medio de un mundo salvaje y desconocido. Era la reacción natural ante el cuadro de una relación que, constituida por un hombre y una mujer tododevotos, abundaba en amor y ya había madurado lo suficiente como para llegar al casamiento. Nunca les dije que nada me impidió seguirla más que ella misma. También podía ver su propio sufrimiento. Si otro miembro de su congregación se hubiera marchado a la selva, el orgullo de haber sido los guías espirituales que contribuyeron a la formación de tal gigante de la fe hubiera sido el sentimiento preponderante. Pero al ser su única hija, y que con tan solo veintiún años se exponía así, hasta se preguntaban de vez en vez en qué habían fallado como padres. Lo mismo pasaba con otros amigos o parientes allegados. Algunos hasta manifestaron, con cierta indignación, que preferí quedarme en la tranquilidad que ser el instrumento de Dios para cuidar de su sierva en la misión que le había encomendado. Esto me llevó gradualmente al retraimiento, excepto de Alejandro y Sofía que, tras empezar a recibir noticias alentadoras de Irene, cambiaron su actitud de reclamo silente a una total benevolencia y compasión expresa. Era obvio también que Irene les pedía con insistencia que no me dejaran solo. Así que fueron para mí como unos padres, atentos y afectivos, durante todo este periodo tan marcado por la soledad.

Recibir correspondencia de Irene era un gran alivio. Podíamos respirar su paz y celebrar el hecho de que todo continuaba bien con ella. (Es curioso, pero los que quedan atrás siempre sufren más que los que marchan. Seguir adherido a la misma rutina diaria, caracterizada por un único cambio: la separación indeseable de uno —o quizás el único— de los protagonistas de tu vida, es, en efecto, tortuoso). Por otra parte, tal regocijo no estaba destinado a durar mucho más que unas horas. Sus cartas eran como los destellos falaces de una estrella. Al menos dos semanas transcurrían entre el envío de la carta y su llegada a Puerto Grande. Así que solo leíamos las buenas noticias de casi un mes atrás (el periodo desde que Irene entregaba la carta hasta que era depositada en la oficina postal para su envío también añadía varios días de espera). Era como regresar a los tiempos de la segunda guerra en que los familiares continuaban recibiendo cartas de soldados ya fallecidos. Pero, al igual que entonces, las malas noticias corrían más rápido, por lo que el silencio era síntoma de estabilidad o al menos así necesitábamos pensar. Además, aislada de todo tipo de tecnología y de comunicación electrónica y con suministros que llegaban una sola vez al mes (y con ello un único contacto, salvo raras excepciones, con el exterior), nuestra correspondencia estaba restringida a solo un intercambio mensual.

Casi siempre Irene escribía una sola pieza tanto para sus padres como para mí. Alegaba que el tiempo solo le alcanzaba para contar los sucesos más importantes transcurridos durante el mes. Atendían varios asentamientos de nativos a la vez y les tomaba horas tan solo desplazarse de un lugar a otro. Además del trabajo evangelístico y de enseñanza y de la capacitación de nativos para lograr un liderazgo autóctono, el pequeño grupo de misioneros también trabajaba en todas las labores propias del autoabastecimiento, en mejorar la infraestructura de las comunidades, cuidar enfermos y hasta lidiar con conflictos tribales o asuntos legales (generados por la constante amenaza de hacendados que buscaban apropiarse de las tierras por la riqueza en madera o como sitio para algún tipo de instalación). Tan pronto como recibíamos la notificación de la oficina de la MIA, buscábamos la correspondencia y, una vez juntos, la leíamos en alta voz mientras bebíamos el té que Sofía, como parte del sagrado ritual, preparaba con esmero.

Junto con la alegría de saber de Irene y acariciar su letra, también surgía, en mí, el desconcierto. Cada carta era un recordatorio de la distancia que nos separaba, no solo física, sino también emocionalmente. Por esa época vivía yo, tal y como ella había dicho antes de irse, en total confusión. En dos años de separación había recibido cuatro cartas dirigidas solo para mí. Dos por motivo de mi aniversario de nacimiento y dos por nuestro aniversario de noviazgo y compromiso. Yo, en cambio, nunca le había escrito. Sus padres, que eran ya más míos que de ella, se encargaban de hablar por mí y hasta justificaban mi descuido caracterizándome de romántico desconsolado más que de amante resentido. La verdad estaba en el medio. A veces era más lo uno que lo otro o una mezcla incomprensible de ambos, como cuando leí esas cuatro cartas en las que no pude apreciar todo el amor que se me prodigaba. Leía tales mensajes con entusiasmo, pero antes de poderlos terminar me vencía el patetismo que me caracterizaba en aquellos tiempos. «Que si solo decía te quiero», «que no me extrañaba lo suficiente como para regresar», «que era demasiada formal»... así despachaba en minutos lo que a ella le tomaba preciosas horas redactar. En realidad, tenía tanto que decirle que no me lograba concentrar lo suficiente como para ordenar mis emociones y redactarlo. Además, sabía que mis cartas la forzarían a emplear demasiado tiempo en responder, quizás descontándolo del que tenía para descansar, y no quería agregar más trabajo a sus ya bien difíciles faenas.

Nunca hubiera imaginado esa tarde de domingo que mejores aires se aproximaban para mí. Estas fueron sus palabras:

Muy amado mío:

El hecho de contar con más tiempo para poder escribirte me ha llenado de gozo. Apenas me instalé en mi nuevo sitio, empecé a redactar. He pensado tanto en ti en estos días... No es que antes no lo hiciera, sino que por vez primera, en más de dos años, dispongo de horas libres sin comprometer el sueño, y tú has llenado mi mente en cada una de ellas. Anhelo tanto tu compañía que te sueño despierta. A veces te presentas ante mí con esas reflexiones y palabras profundas, dichas con tanta certeza que convencerían a cualquier jurado de su veracidad. Extraño escucharte. Lo primero que me impresionó de ti fue que nunca hablabas trivialidades. Hasta cuando comentabas algo referente al deporte, el clima o algún evento en sí mismo ordinario, lo expresabas con tanta solemnidad que a todos nos resultaba interesante. Al principio pensé que solo era un recurso para llamar mi atención. Después entendí que así eres tú, un hombre que siempre dignifica lo que sale de su boca porque solo está dispuesto a hablar lo que considera de valor. Otras veces mi mente recrea con total precisión tu figura. Amo tu rostro serio y sereno, acompañado de

una mirada escrutadora y una sonrisa que, aunque no
es muy frecuente, cuando al fin escapa de tus labios
es plena y virtuosa. Pero los recuerdos más intensos
son de aquellos momentos que pasábamos a solas. En
tu compañía me sentía sobrevalorada. Me trataste
siempre como quien tiene un tesoro que sabe que no
merece y que todavía le cuesta creer que sea suyo. A
la vez, eras firme en tus ideas y nunca cediste solo
por complacerme, tú sabías negociar de tal manera
que ambos ganábamos. Gracias por tanta felicidad
y cuidado.

En estos últimos quince días de oración y dulce
ensoñación, y debido a los nuevos eventos que se
aproximan, he tomado una decisión. Regreso en
seis meses aproximadamente y deseo casarme contigo como habíamos planeado antes de mi partida de
Puerto Grande. Imagino el impacto que mis palabras
están teniendo sobre ti ahora mismo. Espero que te
invadan de tanta alegría como a mí. Por otra parte,
tengo varias peticiones que hacerte si en verdad deseas
llevar estas determinaciones a cabo. Primero y más
importante: quiero que me escribas. Hasta ahora no lo
has hecho y tampoco había querido pedírtelo, aunque
hubo momentos en que deseé mucho tener palabras
tuyas que atesorar. Quiero que me escribas sobre tu
vida, en particular de esa parte oscura que solo a mí

has dado a conocer y que por la premura del viaje no pudimos hablar a fondo. Escríbeme de tu puño y letra y hazlo de un tirón. Conozco tus habilidades y afición por la escritura, pero te pido que no realices ningún trabajo de edición sobre el texto. Quiero ver borrones y tachones, si es necesario, y el trazo apresurado de la letra cuando las ideas lleguen por montones o más cuidadoso cuando estas escaseen quizás por la necesidad de mayor reflexión. Quiero que escribas tanto para mí como para ti mismo, con lo cual deseo que cuentes tantos detalles como puedas y seas tan sincero como para escandalizar a cualquiera menos a ti o a mí. Por ello es que demando un trabajo sin corrección alguna. Quiero leer no solo el texto, sino también las emociones que lo acompañan. Quiero, en fin, experimentar los sentimientos que surgen cuando repiensas tus historias y conclusiones. Yo podré contestarte con más rapidez y frecuencia que antes.

Con todo esto, amor mío, no solo persigo ayudarte, sino sobre todo conocer a cabalidad al hombre con el que he decidido unirme para el resto de mi vida. Tú lo sabes casi todo de mí. Siempre fui una parlanchina incansable cuando estaba a solas contigo y, como a ti parecía extasiarte el oírme hablar, nunca impuse límites racionales a mis charlas. Ahora es mi turno de escuchar. Verás que también soy buena en eso.

Te preguntarás qué ha cambiado que tengo más libertad para escribir. Bien, hace unos días se nos anunció que venían nuevos misioneros para relevar a los que más años llevaban en la zona o necesitaran recesar por un tiempo. Es un buen grupo, así que muchos aprovecharán para tomar vacaciones y reflexionar sobre sus próximos pasos. Alguien dijo: «Una vez misionero siempre misionero», pero viene bien hacer un alto cuando ya se han dedicado años a la labor para considerar la mejor forma de continuar. Así que me apunté para regresar y para mi sorpresa me había sido denegada la posibilidad de quedarme. Según me dijeron necesitaba descansar y examinar mi salud, pues se me veía muy fatigada últimamente y con pérdida significativa de peso. La verdad es que yo no lo había notado. Aquí te acostumbras al trabajo duro y constante y es normal padecer de esos síntomas. Así, por una u otra razón, regresaré con el resto del equipo en unos seis meses, durante los cuales apoyaré en el entrenamiento del nuevo personal. Ese es el tiempo que se dedica para lograr una buena continuidad del trabajo. Tres días a la semana el nuevo grupo recibirá clases sobre idioma, historia y costumbres de los nativos, tres días trabajarán en los asentamientos con los misioneros establecidos y tendrán un día libre como parte del periodo de adaptación. A mí me enviaron a la localidad más cercana para trabajar en el proceso de enseñanza y a la vez poder descansar y recuperarme. Entonces, tres días a la semana estaré enseñando hasta llegada la noche, otros tres serán libres para leer cuanto me envíes y escribirte, y necesitaré uno más para depositar mis cartas en la oficina postal que está en otra localidad, a unos cuarenta kilómetros de aquí. El viaje es largo dada la carencia de un sistema de transportación estructurado. Siempre iré con dos o tres de los nuevos chicos y chicas dispuestos a pasar conmigo su día libre para conocer más el área y comprar algunas provisiones. No estoy internada en la selva, pero este pueblecito está a la ribera del río que demarca el territorio nativo, por lo que el acceso a otro tipo de comunicación no será posible.

Amor, dale a papá y a mamá las nuevas de mi regreso y de nuestros planes. Se alegrarán muchísimo. No imaginas con cuánto afecto me hablan de ti. A veces, hasta parece que se refieren a un hijo y yo me he tenido que preguntar si te debiera querer más como hermano que como amante. Y he llegado a la conclusión de que tú eres bueno como ambos, así que te amaré como esposo y hermano del alma. Por favor, disuádelos de empezar preparativos desde ahora. Los conozco bien y sé que así querrán hacer. En realidad, quiero una ceremonia bien sencilla y sin más gastos que el júbilo de unirnos ante Dios. Además, no esperaremos mucho más. A la semana de mi regreso contraeremos nupcias. Sé que así lo deseas tú también. Tampoco dediques demasiado tiempo a la remodelación de la casa, eso lo pudiéramos hacer entre los dos. Sí deseo una larga luna de miel en el campo. Unas tres semanas estarían bien. Pregunta si está disponible para la fecha la casa de campo del amigo de papá. Yo no he ido muchas veces y a ti te encantará la belleza natural que la rodea.

Amado mío, sé que he puesto mucho en tu cabeza en tan solo un instante. Mi pronto regreso, casamiento, órdenes de luna de miel y de escribirme... espero todo te haga tan feliz como a mí. Estos seis meses que aún nos separan serán un bálsamo de Dios para sanar heridas. Ya lo verás. Te amo.

Tuya siempre,

Irene

Es difícil describir todas las emociones que suscitaron en mí las palabras de Irene. Estaba resignado a no verla ese año y no sabía qué acontecería en el siguiente. Menos podía haber imaginado su firme decisión de casarse conmigo; me sorprendió por completo. Siempre pensé que a su regreso ella intentaría realinearme con su pensamiento y entonces, una vez asegurada esa empresa, empezar a hablar de algo más. No es que dudara de su amor, sino que hubiera sido más natural para una joven cristiana de firmes convicciones tacharme de yugo desigual y condicionar nuestra unión a mi cambio. Pero no, ella solo me pedía escribirle con sinceridad para terminar la plática que una vez habíamos comenzado. El casamiento solo se subordinaba a nuestras decisiones y a la seguridad que ella tenía en que así Dios también lo quería. Me resultaba muy extraño que Dios, si existía y se interesaba tanto por la vida de sus fieles, entregara una joya como Irene a una oveja irreparablemente descarriada como yo. Sin embargo, fuera cosa de Dios o no, lo cierto es que más motivos no podía tener para ser el cristiano más feliz y comprometido del mundo. Ahora entiendo cuánta misericordia Dios me concedía y cuán bellos planes de salvación trazaba a mi favor.

Decidí escribir a Irene tal y como ella me había pedido: sin la menor moderación. ¿Qué utilidad tendría el comedimiento si ella ya sabía el resultado de mis vivencias? Tampoco era una niña cuya frágil conciencia debía proteger. Sería mi esposa y me pareció justo que lo supiera todo de mí, en especial aquello que transformó mi fe, cultivada desde la niñez y arrojada un tiempo hacia la mayor devoción, en algo exánime y obsesionado con la idea de una religión sin Dios. También deseaba, como la última vez, que mis palabras levantaran sus respuestas. Me gustaba ver su perspicacia puesta en función de rebatir mi tozudez. Me hacía apreciar más al ser especial que era: inteligente, determinada y capaz de defender su terreno con las armas adecuadas. Cualquiera protege con fervor una creencia a la que ya decidió aferrarse. Pero Irene ya me había dado muestras de saber introducirse en el campo de la duda para sacar conclusiones sustentadas no en las gastadas pre-concepciones humanas, sino en el análisis justo de la verdad. Así que sería una guerra en la que ambos bandos tenían la victoria asegurada aun antes de la primera escaramuza. Al menos ese fue mi pensamiento entonces. Sus palabras, sin embargo, calaron hondo en mi corazón y cimentaron el terreno sobre el cual me yergo hoy. Pudiera decirse, dando crédito a mi propia metáfora, que ella ganó la guerra, aunque como todo digno adversario demoré tanto como pude la rendición.

IV

Prometeo esparce fuego

«Decimos que vivimos para extender el reino de Dios, pero solo extendemos nuestro propio reino, conscientemente o no».

Dos días me bastaron para elaborar una primera carta. Sentí como si estuviera escribiendo mi primera novela, pero sin el objetivo de agradar a público alguno. Solo seguí el instinto humano de plasmar en un material las experiencias vividas. Y funcionó. El lenguaje sardónico que usé, más que una crítica cruel y calculada con frialdad, fue un recurso que me fluyó sin esfuerzos y me ayudó a narrar hechos que me seguían resultando demasiado desagradables. Al depositar la carta en la oficina de la MIA me sentí alabado por mi creación, «un justo relato de la verdad narrado desde la perspectiva de un observador directo de los hechos». Así le relaté mi historia:

Muy especial amada mía:

Aquí empieza mi historia que ahora también será tuya:

Recuerdo muy bien sus sermones. Eran enérgicos e inteligentes. Todos aprendieron a quererlo muy rápido con tan solo oírlo. Su retórica era en verdad embriagante.

El periodo de su ascenso y popularidad coincidió con el inicio de mis anhelos por la vida misionera: recién comenzaba a escuchar el «llamado de Dios». Hoy entiendo que solo eran mis emociones respondiendo a una megalomanía altruista concebida como disposición divina. Pero ¿no es así como siempre ocurre (si se descartan los fingimientos y otros males) con tales «convocaciones»? Creo que, llevados por el hermoso mensaje de la cruz, del Dios hecho carne para morir por los rebeldes, muchos entienden el éxito sobre la base del sacrificio personal. Como viven enclavados en una sociedad de creyentes se convencen con facilidad de la legitimidad de sus convicciones y actitudes. Así, el ideal de vida buena es el de una existencia que se da para otros, por ello, a modo de cristos, muchos caminan hacia su propio calvario de supuesta autonegación y rechazo de los bienes mundanos. Las desgracias que puedan acontecer son solo las medallas que exhibirán para ser reconocidos como mártires vivientes. Una vez iniciada la marcha por el multiforme camino del sacrificio, comienza el proceso de diferenciación en el que cada quien asume su propia senda: algunos permanecen estoicamente en lo ingenuo pero puro, otros descienden hasta lo tenebroso y abusivo, mientras que el resto se establece en el punto intermedio que más les acomode.

Es así como los números se vuelven la obsesión de no pocos. Nada como las cifras para atestiguar del éxito meritoriamente alcanzado. La calidad de los cultos también se convierte en una preocupación no menos intensa. Y ahí entra el arte. Inspiradoras fotos de gente anegada en llanto, tumbada en el piso bajo un éxtasis celestial, se transforman pronto en un traje de gloria que todos deben admirar. Al principio me sorprendía ver tantas cámaras en manos de quienes, suponía yo, tenían que estar adorando. Más me sorprendió ver a los ministros que las orquestaban desde la plataforma. Me resistía a creer que todo era un gran *performance*. Me gustaba pensar que se hacía para que Dios fuera glorificado por sus portentosas obras cuando otros vieran tales materiales editados con precisión. ¡Oh, los magnos eventos evangelísticos con sus promesas de sanidad física, de reformación moral instantánea, de matrimonios restaurados, de economías prosperadas!... todo al alcance de un poco de fe y de una oración de arrepentimiento. Los gritos del evangelista, la música psicodélica y las abundantes ofertas creaban un ambiente extático que llevaba a cientos a «creer y confesarlo en público»; sin embargo, bastaba el paso de unos días, o semanas, y el retorno de la iglesia a la normalidad para que olvidaran su conversión sin convicción. Mientras, los videos que circulaban se mantenían dando fe de las maravillas de Dios (quien liberaba vidas esclavizadas por el yugo de la carnalidad y el diablo) y... aumentando el prestigio de los evangelistas.

No hablo por todos, Irene. Yo mismo estoy convencido de que tú nunca pudieras pertenecer a una comunidad de actores como la que te describo. Sé que existen muchas personas sinceras que ansían servir a Dios y rescatar a las almas, aunque la vida se les vaya en esta misión. Yo fui uno de ellos. Pero, aunque puros en sus deseos, son también inconscientes de la verdadera fuerza que los impulsa, que no es Dios, sino, como ya te dije, una historia bella e idealizada mediante la adoración comunitaria. Decimos que vivimos para extender el reino de Dios, pero solo extendemos nuestro propio reino, conscientemente o no. Unos se apegan más que otros a la historia. Algunos son más dignos que indignos. Pero todos actores de una obra fabricada por la imaginería social de un grupo inmenso curtido por siglos de epopeyas y épicas batallas que, además, yace bajo el hechizo de un libro tan magnífico que en verdad no parece trabajo de hombres. Este es el contexto en el que mi afán misionero empezaba a brotar desde adentro y en el que nuestro carismático pastor se movía como pez en el agua.

Llegó a la gran congregación cuando esta se encontraba en alza y se propuso mantener el espíritu triunfalista y alegre. Quizás demasiado. Después de sus alentadoras palabras de púlpito se aseguraba de que la iglesia participara de un festín gratuito, con lo cual se granjeaba la fidelidad ciega de muchos. Sus reglas eran flexibles, no estorbaban a nadie. Lograba estar presente en la vida de todos. La estabilidad con la que consiguió reinar por más de un año era tan perfecta que debió aterrar a los más experimentados ancianos de la congregación, pero aun estos sucumbieron ante tal poderosa seducción. Era, más que un ministro, un profesional del arte de mantener a todos contentos con sus propias vidas nucleadas en torno a la iglesia y a él mismo como figura cimera de la congregación. Y así fue como sucumbió a la locura de Nabucodonosor. El mismo éxito y veneración que se labró se convirtieron en su caída a la irracionalidad animal. Aun cuando después se descubrió que este

Prometeo ya había esparcido el fuego de la lujuria en otros lugares, nunca como en esta ocasión el estado de su familia, y el de la iglesia que dirigía, estuvo tan marcado por la desgracia de un líder impetuoso e impostor.

La familia pastoral, formada por los esposos y tres hijos que no pasaban los diez años, parecía funcionar a la perfección, como la tuya. (La comparación es solo para que puedas formarte una idea mejor). Cada cual ocupaba su papel en el gran ministerio de papá. La esposa enseñaba (aunque su talento era cuestionable) y junto con los dos niños mayores cantaba (actividad que desempeñaba mejor). Los éxitos del primer año pronosticaban un largo reinado de paz salomónica, pero la división del reino se adelantó esta vez. El primer gran estallido ocurrió cuando la mujer acusó abiertamente a una jovencita, que recién debutaba en la etapa posquince, de conspirar contra la fidelidad que debía tributarle su marido. El comité oficial de investigación, conformado por los más parciales secuaces, comprobó que la muchacha, en efecto, estuvo siendo movida por cierto picor adolescente que, en su inmadurez, no supo controlar bien. También se dictaminó que, excepto por cierta persecución y saludos que empezaban a rebasar lo piadoso, no había mayor pecado que una falta de control de la química cerebral, y que la experiencia de haber sido denunciada resultaría positiva para su crecimiento emocional. Tres meses de disciplina (la joven era una activa danzarina de las plataformas) y asunto resuelto. Nadie sospechó, en esta ocasión, del buen tino de la pastora que tiró a las fieras de la opinión pública a una pobre muchacha que resultó culpable de todo. Menos atribuyeron al cándido pastor fechoría alguna.

Un segundo incidente ocurrió. Este sí marcó el inicio de una época de desgracias que descendió con furia al atroz escándalo. La víctima de los ojos recelosos de nuestra primera dama resultó ser esta vez una simpatiquísima pero respetable ministro de alabanzas, ya internada en los primeros pasos de los veinte. A diferencia del caso anterior, se enfrentaba esta vez a una familia no solo devota, sino también firme e indispuesta a soportar injusticias. Así que no bastó con el veredicto de los inspectores. Aquí hubo apelación y entrevista cara a cara entre demandante y acusado en presencia de un jurado y un juez que, aunque era nada más y nada menos que el mismo pastor, sabía que no podía desplegar un veredicto demasiado truhan sin salir dañado. Aunque no estuve presente en el magno evento, la historia que se contó tiempo después señaló la sagacidad del magistrado al decretar como pena el pedirse perdón mutuamente y no dar más cabida al diablo, cuya intención era dividir al cuerpo de Cristo con sus tretas malignas. Si bien esto no convenció a ninguna de las partes beligerantes, sí logró la firma del armisticio. Sin embargo, la imagen de la dama sufrió mucho esa vez y ya empezaba a ser tenida como celosa enfermiza que no merecía al gran hombre que la Providencia le había otorgado como esposo. El pastor, en cambio, solo ganó la compasión de aquel grupo que, aunque ya no podía serle leal en las reelecciones, todavía estaba dispuesto a creer en su bondad.

Así llegó el tercer siniestro. La vigía, que en pasados eventos cuidó como valiente guardián su casa, se encontraba ahora desarmada por la fuerza y solo pudo esperar en lastimero silencio su ruina. La víctima fue también victimaria en esta ocasión: una diaconisa, ya entrada en los treinta, que había despuntado bien en sus oficios y cuyas dotes sociales no distaban mucho de las de nuestro aclamado líder. Todo surgió en los ocho pasos comunes de este tipo de acontecimiento. Paso uno: el trabajo genera una necesaria cercanía; paso dos: el trabajo justifica una innecesaria cercanía; paso tres: el trabajo deja de ser el tema de conversación; paso cuatro: el trabajo da lugar a confesiones inauditas y se torna pasional; paso cinco: el trabajo se vuelve el medio para

conspirar y acordar la fecha y el lugar de un «com-
penetrante» encuentro lujurioso; paso seis: consumación de los planes del paso cinco (el trabajo se vuelve
el responsable de tamaño pecado y de la conciencia de
culpa de los confundidos colegas); paso siete: los cón-
yuges oficiales, y otros males, fueron los culpables y
verdaderos perpetradores de la vergüenza que ahora
agobia a los colegas que, en definitiva, solo querían
trabajar bien; paso ocho: los colegas deciden confesar
su pena, pero son incomprendidos y despiadadamente
expulsados de sus trabajos.

Algunos estudiosos del tema reportan variaciones
en el número y el orden de estos pasos. Por ejemplo,
hay quien cita que el paso seis se cumple muchas
veces, sin remordimientos, y que al ocho se llega por
puro azar, sin que medie confesión alguna. Incluso,
algunos eruditos hablan de un paso nueve en el que
los colegas no sufren los rigores y las ingratitudes del
ocho, sino que son transferidos (por separado en la
mayoría de los casos) a otros centros de trabajo que
requieren y agradecerían bien sus expertos servicios.

En fin, los resultados de este tercer y último suceso
fueron, para nuestros personajes, la destrucción
total de sus familias; para la iglesia, la vergüenza
social dentro del mundillo religioso (las otras iglesias
del área no demoraron en hacer escarnio o simular

compasión por su hermana-rival caída); y para los contendientes no creyentes (muchos de los cuales antes no tenían motivos reales para su oposición), la posibilidad de hacer contraevangelismo echando mano de las frescas noticias acontecidas.

Al acto siguió la intervención de oficiales cuyo rango abarcaba el gobierno de toda la provincia. No habían empezado a ejecutar el protocolo de contención de desastres cuando fueron informados del robo de las arcas de la iglesia. El turbado pastor, ahora sin gloria y sin trabajo, no pudo permitirse huir con las manos vacías y decidió tomar lo que consideró parte de su salario por el año de paz que regaló a todos, incluso a los altos oficiales. Las investigaciones realizadas para cerrar el caso develaron antiguas peripecias del incendiario pastor, las cuales, de haber sido reportadas en vez de encubiertas a conveniencia por sus superiores, hubieran evitado el más reciente caos. Las medidas se reforzaron, se estableció un gobierno provisional y se animó al pueblo a reconstruir los muros caídos y cerrar filas para que el diablo no pudiera sacar más provecho del sufrimiento del pueblo de Dios.

Y ahí estaba yo, resuelto a ser misionero y dispuesto a trabajar más que antes para devolver a mi iglesia la gloria que injustamente le había sido arrebatada. Ese fue, sin embargo, mi primer encuentro con la incompetencia moral de los redimidos en cuyo corazón habita el Espíritu Santo, y el primer evento que rasgó el velo a través del cual me convencía con facilidad de la piedad siempre presente en los ministros. Aprendí la lección, por entonces muy de moda en la congregación, de poner los ojos solo en Jesús y no en el falible hombre. Pero pese a mi esfuerzo para no ser vencido por lo malo, patrones no menos horrorosos, aunque menos alborotadores, golpeaban con frecuencia las puertas de mi alma. Allí donde se hablaba de santidad, donde la gracia había sobreabundado, donde el amor era el vínculo perfecto y la paz y unidad entre creyentes un fruto del Espíritu; allí mismo vi celos y desconfianza, ultraje, pillaje, envidia, pique, soberbia. Todos eran tan corruptibles como cualquier gobierno de hombres; tan prestos a defenderse como reyes ante la amenaza de su corona; tan llenos de convencionalismos y subterfugios como soberanos dispuestos a retener el poder a toda costa.

A la par que estos nuevos y «más pequeños» eventos ocurrían, comenzó mi vida misionera, cuyos moderados éxitos ya conoces. En ese mismo periodo tuvo lugar otro macabro acontecimiento que resultó sinérgico con todo lo anterior. Si dudar de la capacidad y disposición de Dios para santificar y transformar el carácter del ser humano debilitó mi fe, la evidencia de un mundo que marcha sin supervisión celestial alguna asestó el golpe final y me dejó varado en la total incredulidad. ¿Qué ocurrió? Ahora te cuento.

V

Teorías del caos

«Creer en Dios me pareció un recurso valioso para sobrevivir a un universo anárquico que se doblega ante las alas de una mariposa».

Confieso que todavía me estremece recordar aquella tarde. Durante dos años no faltó un día en que memorias del evento, o de algunas de sus víctimas, no asaltaran mis pensamientos. Después, los recuerdos fueron poco a poco espaciándose, pero aún hoy, transcurridos más de cinco años, traen consigo una estela de dolor cada vez que regresan. Este relato requiere que te introduzca en otras escenas de mi vida que quizás nunca sospechaste. Antes de ti, tuve otro amor.

Todos la llamaban con cariño Anyi, si bien su nombre real era Agnes. A mí, en cambio, me gustaba decirle Inés desde que, ya dando muestras de un interés creciente por ella, estudié el significado y las variantes idiomáticas del raro nombre Agnes. Su pureza de corazón en verdad daba honor al nombre que llevaba. Era líder natural aún sin pretenderlo (como suele pasar con las personas demasiado amables cuando se descubre que no hay más interés en su bondad que hacer felices a otros). El fuerte contraste de su carácter respecto al de otras personas con las que, debido a mis funciones ministeriales, me estaba codeando, fue una de las primeras cosas que me atrajeron hacia ella. Ahora que lo pienso, tanto tú, mi amada Irene, como ella son como los outliers de una muestra estadística: personajes atípicos de este mundo que, sin embargo, nos hacen recordar qué tan buenos pudiéramos ser si no fuéramos tan malos.

Conocer más a Inés me permitió comprender el peligro de corrupción que se corre al ascender en las estructuras eclesiales, y desde entonces he valorado más la amistad del más simple feligrés que la de cualquier obispo o señor ilustre. Creo que la entereza bíblica se vive mejor cuando no existen mayores compromisos morales que los que cada quien tiene consigo mismo en virtud de su noción de Dios. Cuando un hombre o una mujer del sector cristiano escala en autoridad, lo aplasta el peso de la imagen propia que tiene que mantener. Creen que su posición privilegiada demanda la más inquebrantable santidad y usarán todos los dedos de sus manos para intentar tapar el sol quemante de su miseria humana. Los que no colapsan y sobreviven a las grandes tragedias (como las de nuestro Prometeo) se vuelven tan expertos en el comportamiento del bien que ya no saben distinguir el escenario de la vida real y su vida privada se vuelve antinatural. Sus palabras se asemejan a los comandos de un lenguaje de programación: if x then y...; sus consejos son clichés que a veces ni ellos mismos pueden creer; y su amistad está tan mediada por este absurdo que se torna tan fría como un cadáver.

Varias veces me pasó por la mente dejarlo todo e irme con ella, como quien desea escapar a una isla desierta y huir de toda contaminación proveniente de la actividad humana. Sin embargo, nuestra relación no tuvo tiempo de madurar tanto. Aunque puedo decir que la amé, el hecho de ni siquiera haberle declarado mis sentimientos ni conocer los de ella evidencia que todo quedó en la antesala de la admiración; a la vez que el romper mis reglas (entonces quería evitar toda distracción a mis intereses ministeriales) y permitir que el amor se asomara me demuestra que algo más sublime estaba tomando lugar. Lo cierto es que no volví a experimentar una sensación similar hasta que surgiste tú en mi vida años después. (Claro, tú has superado con creces todas mis nociones de amor). ¿Qué pasó? Te estarás preguntando. Ahora que sabes más de mi vida emocional de entonces, prosigo con el verdadero relato.

Desde hacía más de un mes, había planificado un encuentro entre los jóvenes de la iglesia a la que aún pertenecía y los recién convertidos de mi misión. Quería, además del trabajo evangelístico en la localidad, que cada grupo se nutriera del otro: que los jóvenes se inspiraran al considerar la fe genuina de quienes no nacieron en un hogar que favoreciera virtud cristiana alguna, y que estos últimos, a su vez, se animaran más al ver la lozanía espiritual de quienes viven a salvo en Dios. Al tiempo de efectuar el viaje misionero que uniría a dos comunidades de creyentes tan diferentes por varios días, ya se habían hecho ingentes preparativos de todo tipo. La logística incluía comida abundante, un transporte de ida y regreso, más de mil tratados para invitar a cada lugareño a los diferentes servicios especiales (planificados con esmero), equipos de audio e instrumentos musicales y, en fin, todo lo requerido para una actividad de esta índole.

Inés y yo nos acercamos mucho más ese mes. Al ser ella la máxima responsable del grupo de jóvenes que nos acompañaría, estuvo junto a mí en cada gestión y con ella compartí la carga de preparar los diferentes servicios que realizaríamos en el área. El trabajo nos facilitó hermosos momentos para conocernos más y conversar sobre intereses comunes, y hasta para alcanzar un nivel de confianza que espontáneamente daría paso a una confesión amorosa. No dudaba que el éxito de la empresa que en breve acometeríamos sería el factor detonante que nos llevaría a iniciar una relación. Así de cerca estuve, querida Irene, de ligar mi alma a alguien tan especial y fiel a su Dios como tú.

Diferentes contratiempos retrasaron unas horas la salida: un poco de lluvia, ajustes mecánicos requeridos por nuestro medio de transporte a último momento y hasta una pequeña trifulca verbal entre nuestro chofer y un vecino antipático. Ninguno resultó ser obstáculo que amainara el ánimo de los expediciona-rios o amenazara el proyecto más allá de un atraso insignificante. Una vez todos abordo y el vehículo en marcha, yo elevé una oración para encomendar a Dios la trayectoria (tal y como se acostumbra al viajar), pedir protección en el camino y una manifes-tación de su gloria en todo lo que iba a suceder. Por unos minutos todo fue expectante alegría. Cada quien hablaba y reía con un compañero. La tarde apenas empezaba a caer y las temperaturas eran frescas. La carretera estaba desierta, era nuestra por completo. Y así, sin el menor indicio de dificultad, nuestro autobús comenzó a zigzaguear con violencia hasta volcarse y ser detenido por una roca fuera de la vía.

Todo transcurrió tan rápido que, en los primeros segundos tras dejar de rodar, aún yo continuaba con la risa que el siniestro interrumpió. Una simple mirada me puso al tanto de todo... el terror me sobrecogió. Algunos yacían inconscientes y otros tumbados por el dolor de huesos quebrados. Me arrastré hacia Agnes —mi pie derecho no funcionaba— e ingenuamente la creí dormida. El instinto me hizo querer despertarla y, como no respondía, la levanté reclinando su torso contra mi pecho y la rodeé con mis brazos. De inmediato un torrente de sangre comenzó a fluir de su cabeza y boca bañando el lado izquierdo de mi cuerpo. Su boca, que antes exponía una bella sonrisa ayudada de prominentes labios, ahora estaba desfigurada. La línea de dientes inferiores estaba desprendida y cercana a su garganta. Solo pude sostenerla para intentar que no se ahogara en su propia sangre y clamar a Dios para que la mantuviera con vida. Fuimos socorridos en poco tiempo por varios vehículos que pasaban por la zona. El hospital se encontraba a minutos del área, pero Agnes no llegó a tiempo.

Inés... murió en mis brazos. El saldo de ese día fue la muerte de tres jóvenes cuyas edades juntas no sumaban el tiempo de duración de una vida normal (Inés era un año mayor que yo), más otros diez que sufrieron fracturas o heridas serias. El chofer, quien era un querido hermano de la congregación, falleció meses después de complicaciones cardiovasculares diagnosticadas en la semana que siguió al accidente. Su viuda, también miembro devoto de nuestra iglesia, enfermó de los nervios y pocos años después se suicidó en la soledad de su casa. Todo esto ocurrió a raíz de un accidente al que la investigación policial no pudo atribuir causa alguna. El resto de los padres con un hijo menos y de los esposos que enviudaron llevan hasta hoy una vida tan buena como las posteriores circunstancias del azar lo han permitido.

Los primeros días de mi recuperación, tras la cirugía, los pasé en total aturdimiento. Cubrirme la cabeza con una sábana, mientras trituraba con ansiedad goma de mascar, era la forma de combatir las oleadas de dolor punzante que agobiaban mi mente al revivir, sin proponérmelo, los hechos o evocar los rostros de quienes ya no vería más. Por supuesto que no faltó la multitud de consejeros. Algunos en verdad se identificaban con el sufrimiento, otros más bien cumplían con el protocolo que su profesión demandaba. Todavía hoy siento asco de varias explicaciones que no pocos portentosos guías espirituales se atrevieron a dar. Los mismos que creyeron que debían asumir el papel de abogados de Dios y que no perdieron tiempo para declarar, con insulsa elocuencia, lo que se esperaba de los «héroes de la fe» que sobrevivieron al acto y de los familiares cuyas pérdidas eran irreparables.

Una de las explicaciones más comunes que tales maestros emplearon —y que hace honor al pensamiento cristiano-martirológico contemporáneo— fue «la teoría del sacrificio». Al igual que en el ajedrez los grandes maestros conocen bien la jugada de entregar una dama o un peón en sacrificio para ganar el juego, la lógica que aquí se impone es la de un dios que tomó tres vidas ya salvas y permitió algunos huesecillos rotos para regar con ese dolor el suelo rígido de la incredulidad y llevar a muchos más a la salvación. Como sé que es una teoría complicada, te la ejemplificaré con las palabras exactas que uno de ellos me refirió en persona:

Ahora sí se convertirán en masa la gente del poblado que atiendes. No podrán explicar el gozo inefable de los hijos de Dios que no son movidos de su paz por circunstancia alguna. Querrán el poder que abunda en ustedes y los hace sobrenaturalmente fuertes frente a toda dificultad. Dios obra de maneras misteriosas en el corazón humano y a veces tiene que permitir cosas difíciles para llevar a más hijos al conocimiento de su gloria.

Los sabios que optaron por esta teoría (que para ellos era ciencia constituida) vaticinaban la impresionante recuperación emocional de los sufrientes, los cuales —y esto es aún más extraordinario— se mostrarían a todos como gente inafectada por estar cubierta del gozo divino y así llevarían a muchos duros de corazón a rendirse al Dios de toda consolación (profecía que aún aguarda cumplimiento). Este método afirmaba que los fallecidos eran mártires que murieron para dar vida a otros. (De haber sabido el futuro hubiera añadido a la lista de mártires a la viuda que peleó tres años contra la soledad hasta terminar con su propia vida).

La sabiduría de los defensores de esta teoría es comparable a la de Pangloss, quien dijera a su alumno Cándido: «Todos los sucesos están encadenados en el mejor de los mundos posibles», y después de enumerar todas sus tragedias a modo de «si no hubieras sufrido todo esto», añade: «No estaríais comiendo ahora mermelada de cidra y pistachos». No son más que maestros de una lógica que expone lo peor de la ridiculez y cobardía humanas, consejeros que solo buscan salvarse a sí mismos del desconcierto que producen las desgracias de un mundo regido por el caos y el despropósito.

Otra teoría popular fue la de «mejor temprano que nunca». Dios, omnisciente como siempre, decidió intervenir y llevarse a tiempo a estas almas a su presencia antes de que, movidas por la carne y el diablo, desertaran de su fe y perdieran su salvación. Como implicaba de alguna manera una acusación a los fieles difuntos, esta no fue la teoría que conquistó los grandes escenarios; pero sí una muy útil para tratar de inducir liberación y resignación de la confusión y el dolor a los que vivían (o malvivían) apenados por sus pérdidas. Es curioso, pero fui yo quien desertó de la fe pese a haber sobrevivido.

Y claro que no faltó la típica «en el cielo se les necesita», solo expuesta por los menos ilustrados al carecer de las predicciones sobre la vida terrenal que solo los más curtidos pueden manejar. Por si no la has oído, esta plantea que Dios los llevó al cielo porque los necesitaba más de cerca. ¿Para qué?, nadie sabe.

Sin embargo, de todas las que escuché, la más odiosa e inescrupulosa fue la teoría de «María la leprosa». Como sabes, María, al murmurar contra

Moisés, quedó leprosa y detuvo la marcha del pueblo de Israel por siete días hasta que la ira de Dios se aplacó. El accidente ocurrió el mes anterior a las ratificaciones pastorales. La atmósfera que se respiraba en la congregación era tensa. Una mayoría estaba dispuesta a votar por la reelección del pastor en curso, mientras que otros (cerca de treinta) creían haber recibido ya suficiente de él. Quitando la población anciana —casi siempre contenta con quienquiera que hable lenguaje bíblico— tal cifra suponía una seria división de la iglesia en bandos bien definidos. En este contexto, no faltaron los iluminados que predicaron desde el púlpito y otras tribunas del Dios que estaba aleccionando a la congregación sobre el peligro de conspirar contra su líder ungido. Sí, Irene, por más repugnante que parezca, tuve que escuchar más de una vez discursillos adornados en teología bíblica absurdamente aplicada que intentaban sacar provecho de este horrendo suceso para promocionar su partido político; y no se hicieron esperar las supuestas revelaciones de Dios mediante sueños y visiones que los secundaban.

Hasta aquí mis crónicas. Cada una fue el regalo del universo, que en verdad «obra de maneras misteriosas», para descubrirme su verdadera faz y la de sus habitantes. Tales revelaciones, al inicio, me llevaron al más irascible ateísmo y a la rebelión en secreto contra todo lo que llevara la estampa de Dios. Desaparecí tan pronto como pude de ese pueblo y de todo lo que me unía a la vida eclesial. No di muchas explicaciones y por suerte mi silencio no fue provocado. Los hombres y mujeres de influencia estaban tan concentrados en la defensa pública de sus ideologías que no prestaron mucha atención a quien, callado, se retiraba de sus dominios. Me despedí lo mejor que pude de algunos amigos y partí para establecerme en Puerto Grande, ubicación ideal por estar a suficientes millas de mi antiguo lugar, además de ser un territorio apacible e idóneo para quien busca pensar a solas y por ser también el hogar, como sabes, de algunos parientes.

Después de algunos meses de reflexión más calmada y que viví casi en total internamiento, en parte para terminar de recuperar mi salud física, llegué a nuevas conclusiones. Se imponían en mi mente las imágenes de personas virtuosas como Agnes y la fe regeneradora de aquellos miembros de mi misión cuyas vidas experimentaron un cambio tan dramático. Entonces entendí que no todo estaba mal con la religión y que la verdadera perversión emanaba de los que habían mezclado religión con profesión. Fuera de eso, como ya te expliqué, creer en Dios y reunirse con los que sienten algo similar me pareció un recurso valioso para sobrevivir a un universo anárquico que se doblega ante las alas de una mariposa.

Ya había escuchado hablar de la iglesia de tus padres. Indagué y pertenecía a otro concilio, por lo que no comprometía la privacidad que buscaba. Tan pronto como empecé a asistir con frecuencia, tus padres se acercaron y, sin tener que dar muchas explicaciones de mi pasado, me acogieron como a un amigo y ahora como a un familiar. Alejandro y Sofía son hasta hoy los únicos ministros que he conocido que no encajan con las descripciones que te he dado. Es como si algo los hubiera mantenido lejos del poder corruptor del liderazgo y no les permitiera diferenciarse de un fiel pero simple feligrés. Por eso, no los reprocho por querer siempre sacar algo de mí que me devuelva al ministerio que creen que podría llevar con el mismo éxito que ellos. Sé que lo hacen porque desean mi bien y, desde su perspectiva, mi restauración. Para ellos soy un cristiano fiel que decidió alejarse de las filas del servicio por los desacuerdos intrascendentes que tienden a surgir entre los que laboran. Yo me he esforzado por no defraudar esa visión. Nunca quisiera exponer nuestra relación con revelaciones más certeras de quien soy y lo que en verdad pienso.

Bien, amada, ahora solo siento extrema curiosidad por escuchar tus propuestas. La última vez que hablamos de estas cosas, aun cuando los ánimos estaban caldeados, me sorprendieron tus palabras. No traicionaste tus ideas ni rechazaste del todo las mías. Me mostraste puntos débiles en mi argumentación y hasta denunciaste lo que llamaste mi «temor místico» a alejarme del cristianismo que se vive por fe en lo sobrenatural. Estoy de acuerdo en que aquellas conversaciones quedaron demasiado abiertas y que la oportunidad de escribirnos será magnífica para comprendernos mejor. También deseo que me hables más de ti misma. Aún no conozco en ti esa parte oscura que todos los seres humanos llevamos como resultado del pasado y de la interacción con otros. Y estoy seguro que las inteligentes respuestas de aquel día tienen raíces en esa oscuridad. Al fin y al cabo, es el sufrimiento quien siempre enseña más en esta vida, y no puede haber sabiduría auténtica sin el acabado del dolor.

Escríbeme con toda libertad, amada mía, para que así te ame más. No importa si gustas, como yo, del sarcasmo; no importa si me lanzas una diatriba; no, porque mientras digas todo lo que piensas pensando en mí, no tendré dudas de tu amor impoluto y me serás deseable, aún más.

Hasta pronto, cariño. Te espera con ansias

tu amado

P. S. Les di las nuevas a tus padres y su euforia, tanto por tu regreso como por nuestra boda, no se hizo esperar. Ambos me abrazaron y casi echaron a llorar. Están locos porque tu aventura termine y de alguna manera creen que nuestro matrimonio impedirá futuros viajes. Yo, en cambio, solo te prohibiría ir sola, pero te acompañaría con gusto en próximas empresas, aunque para mí solo signifiquen la oportunidad de expandir mis concepciones antropológicas sobre la religiosidad innata de la especie humana y, claro, de disfrutar nuestro amor en otro mundo. Quizás hasta encontremos El Dorado, el único lugar donde todo está bien y a Dios se le tributa diaria gratitud porque satisface con creces las necesidades de cada hombre y mujer.

VI

Dioses y siervos

«Creaste un dios a tu imagen y conveniencia, un héroe infantil para librar tus batallas. Cuando la realidad descuadró, juzgaste de falso a Dios por no corresponderse con tu dios falso, ahora, además, odioso para ti».

Irene Harson

Esposo mío:

Cuán grato es poder llamarte así. Tan solo pensar que el sagrado matrimonio es el vínculo que nos espera me llena de gran gozo. En estos días he necesitado más que nunca tu cuidado, tus fuerzas y hasta parte de esa fiereza con que a veces reaccionas ante los desafíos de la vida. Mi salud mejora, pero los eventos de esta semana rompieron brutalmente la tranquilidad con la que pensé cerrar estos últimos meses. Un corrimiento de tierra sepultó a gran parte de una de las comunidades que atendemos. Hemos tenido que lamentar la muerte de veintitrés nativos y una joven misionera. Visité en tres ocasiones esa comunidad y pude entablar buenas relaciones con algunos residentes y misioneros que operaban en el área. Joyce era una de los obreros que en breve regresarían a sus hogares. Con treinta años aún, era de las más jóvenes, aunque contaba con la experiencia de cinco años de servicio casi ininterrumpido. Tal desgracia nunca debió haber ocurrido. Nos consuela saber que estuvimos ahí para cada uno de los nativos fallecidos, y que el lodo que cubrió sus cuerpos no pudo tocar sus almas entregadas a Cristo. En cuanto a Joyce, cada misionero que labora aquí entiende que ha venido a darse por completo. Ninguno quiere morir y, de hecho, han sido muy pocas las bajas en los últimos años, pero llegamos y permanecemos cada día rendidos a Dios sin escatimar costes. Sé que ella no hubiera desistido a su llamado, siete años atrás, aunque le hubieran advertido que sería el fin de su vida terrenal. Por tanto, creemos que Dios está al control de todo. Aunque no es posible entender por qué permitió algo así, nuestra fe nos lleva a descansar en sus promesas eternas de amor y cuidado. Lloramos y sufrimos, pero no desesperamos.

Estos sucesos, junto con tu carta, me han hecho pensar aún más en nosotros. Sé que seremos felices y que nuestro amor será, además, la alegría del que nos rodee; pero sé también que enfrentaremos privaciones. ¿Estarás preparado? Muchos aprenden a lidiar con sus crisis sin Dios. Pero el reto del creyente es «sufrir con Cristo para reinar con Él», «ser probado» y salir como oro que agrada a quien lo posee. El cristiano sabe «en quién ha creído, y que su redentor vive y lo levantará del polvo, y que aunque la piel se le caiga a pedazos, en su carne verá a Dios».

Sé que Dios te ha puesto en mi camino para amarte y regocijarme en tu amor, pero (y esto es un enigma) también para ser instrumento suyo que obre un cambio en tu vida. ¿No es grandioso el Señor? Nos ama y nos capacita para amar a otros, en especial a aquellos que no podrán ver el amor divino sino como un reflejo en el carácter de quien les habla. En esto también me contento: en la poderosa seducción del amor celestial que por medio de mí llegará a tu vida para arrepentimiento y salvación. Y si alguna explicación has buscado sobre mi firme amor hacia ti, aun cuando vivimos ahora bajo diferentes lealtades, esta es la más veraz. Probablemente mi amor humano se hubiera rendido con el tiempo, la distancia y las diferencias; pero brota de mi ser una paz tan dulce con tan solo imaginarte —la misma que solo procede de la comunión con Dios— que mi amor por ti crece y se recrea en la majestad divina. Sí, contrario a lo que crees, tú me llevas a adorar y mis convicciones se refuerzan. En ti veo el poder de la cruz que nunca es impotente para salvar al perdido. La salvación es un misterio en cuyo otorgamiento el hombre participa, no por méritos, pero sí en rendición, rendición ante el potente llamado de Dios que no fuerza, pero quiebra. (¡Déjate quebrar!) Asimismo, tu amor a mí tampoco hubiera resistido tantas pruebas de no ser alimentado por el Dios que hoy no reconoces, pero que en su misericordia impide que sucumbas ante tu propia necedad. Nuestro amor es un regalo de gracia, una provisión de colores para borrar el gris de muerte que el pecado y el mismo infierno imponen. Disfrutémoslo, y estaremos adorando a quien nos lo dio; cultivémoslo con esmero, y estaremos honrando su origen altísimo.

Leí con detenimiento cada palabra de tu carta. No puedo negar que tu lenguaje satírico me hizo reír con historias de horror. Así que permíteme responder con un poco de tu misma esencia mordaz.

Supón que existió, e incluso conociste de cerca, un hombre llamado Cristiano Iglesias. Era feliz con todos los cánones y nunca osaba cuestionar autoridad alguna. El primero en levantar las manos y cantar. Siempre solícito en las oraciones públicas. Vocabulario ortodoxo. Figura intachable. Se adaptaba con facilidad a los cambios dictados por el poder pastoral de turno con tan solo escuchar la verbosidad bíblica a la que se había amoldado. La vida, con sus desgracias y desengaños, no parecía perturbarlo jamás, y si le preguntabas por qué, respondía —con el aire triunfalista de quienes creen que la respuesta es demasiado obvia o quienes preguntan demasiado tontos— que esperaba el reino de los cielos donde todo sería perfecto. Nunca necesitó debatir ningún asunto, conocía y creía todas las soluciones prefabricadas. No le importaba gozar de libertad ahora si la recibiría después. Por tanto, nunca hizo caso a su propia sub- jetividad. (Según decía, «ese sería un privilegio de la vida de ultratumba, aunque quizás allá tampoco le hiciera falta»). Cristiano Iglesias fue la oveja favo- rita de muchos pastores, que no podían resistirse ante los encantos de su carácter siempre complaciente, dócil y fácil de convencer, perdonador al instante sin importar la ofensa, repetidor de virtud, copista fiel de cualquier ideología piadosa y, en definitiva, el esclavo más manso de un mundillo aborrecedor del *cogito* cartesiano. Dime, Robert, ¿qué piensas de un creyente así? ¿Acaso no te da náuseas? A mí sí.

Cristiano Iglesias y su séquito son los irredentos que caen ante el peligro de no dudar y, por tanto, de no amar a Dios «con la mente» (en consecuencia, tampoco con el corazón). Solo los hombres que usan su capacidad crítica pueden ser salvados. Es decir,

Dios no puede salvar a quienes nunca juzgan nada porque ni siquiera podrían juzgarse como pecadores, ni arrepentirse de lo que no entienden, ni reconocer lo que no ven. Tales vidas nunca han sido regeneradas (más bien se oponen a renacer) y su apariencia inmaculada es un síntoma del desvarío que los conducirá al mismísimo infierno o, mejor dicho, al anteinferno (como diría Dante). Ellos son como los «ignavos» que «vivieron sin infamia, ni honor, que ni fueron fieles, ni rebeldes, y desean la suerte de cualquiera de los otros réprobos con tal de escapar del castigo de ser, a la vez, desechados por Dios y el infierno».

Quienes se complacen con ellos son hipócritas y malignos ejecutores de muerte, que con tal de aprovechar su servilismo no los despiertan del letargo de su cobardía y pereza arrogante. Estos debieran enfilar el camino al Flegetonte (y permíteme usar la Commedia una vez más), donde hierven en sangre los que cometieron violencia contra sus prójimos causándoles la muerte.

Quizás te preguntes por qué te comento esto y qué tiene que ver contigo. Sencillo: a diferencia de ellos tú has usado tu libertad. Reaccionaste ante cada evento que no se correspondía con la imagen de Dios que había en tu mente. Te aislaste de la colectividad, te permitiste dudar y tomar un camino que satisficiera tu versión de la verdad. Rechazaste la cobardía, definiste tus lealtades y, al actuar así, te libraste de la ignominia de los cobardes que deciden no pensar. No creas que te estoy alabando, ya verás que no. Simplemente digo que eres hoy el resultado de un pensamiento libre, tan libre como el de cualquier ateo que se arma de argumentos, propios o de otros, para defender la posición que le parece mejor. ¿Es eso bueno? Pensar con libertad sí, el resultado, no siempre (casi nunca).

Verás, existe una libertad neurótica y otra heurística. La primera te hace libre para distorsionar lo real; la segunda, para descubrirlo. Ser esclavo de la libertad neurótica es la pena de muchos hombres que se pierden. Cristo nos constituye en libertos de esa esclavitud; es decir, libres para pensar sin el desasosiego de la libertad neurótica. Entregarse a Dios es rendirse a la única libertad auténtica: vivir sin arremeter contra enemigos ideológicos invisibles que pretenden someterte y, a la vez, vivir para divisar y vencer a los verdaderos enemigos. El hombre sin Dios, sin importar su brillantez o necedad, vive sometido al poderío de un pensamiento sesgado que lo retiene bajo la incredulidad de un razonamiento deficiente del cual se enorgullece. No solo es incapaz de reconocer a Dios, sino que abjura de Él empleando argumentos artificiosos y distorsiones de la evidencia natural. El hombre de fe, por su parte, ha sido restaurado a una condición en la que se mira a sí mismo en su justa medida, se conoce y reconoce su estatus de criatura divina y, por tanto, reconoce a su Creador. Como Nabucodonosor, el creyente, una vez levantada su cabeza al cielo, queda libre al instante de su locura. Sí, su intelecto será deficiente hasta que muera y sea glorificado, pero será una deficiencia cuyo fundamento es la verdad y no la especulación neurótica.

Entonces, tu justo uso de la libertad terminó condenándote a la esclavitud de la obstinación y la arrogancia. Pero al menos, en tu esclavitud actual, estás un paso más cerca del Dios real que antes en tu «devoción» cadente. ¿Cómo se explica esto? Al rechazar, en pleno uso de tu valor y libertad de pensamiento, al dios falso del que se había preñado tu cabeza, te acercaste al real. Durante años quisiste creer en un dios que no tiene siervos que todavía se comportan repulsivamente o uno que hace al hombre santo como un ángel desde el instante que este lo invoca. También un dios que mantiene al mundo actual en perfecto equilibrio o que al menos les evita desgracias a sus escogidos. Tú fuiste quien creó un dios a tu imagen y conveniencia para sentirte mejor con él. Creíste haber encontrado al Dios verdadero, pero solo habías recreado a gusto a un héroe infantil para que te ayudara a librar tus batallas. Cuando el cuadro de la realidad descuadró, caíste de tan alto que el impacto te hizo juzgar de falso a Dios por no corresponderse con tu dios falso, ahora, además, odioso para ti.

Déjame, entonces, para tu bien, corregir un poco a tu dios quimérico y poner en mejor perspectiva a sus «leales» súbditos. El pecador abre sus ojos al trato de Dios cuando toca fondo en su historia, protagonizada por la peor versión de sí mismo. Desde allí lo reconoce y se entrega en arrepentimiento genuino, es limpiado de culpas y restaurado a una nueva condición espiritual. Dejó de ser un simple animal, con atracción por lo desagradable y mundano, y se ha convertido en humano con gusto por lo refinado y celestial. Sin embargo, su naturaleza caída ha sido sometida pero no destruida y lo llamará, a veces con perturbadora insistencia, para que regrese a su estado anterior (en el que interpretaba la peor versión de sí mismo). Un cristiano auténtico crece venciendo y siendo vencido por su anterior «existencia inauténtica» en la que era interpretado por sus vicios (desde aquellos que residen en el carácter hasta los que se consuman en actos vergonzosos), a los que tanto se habituó que los tenía por virtud. Cuando cae, entiende de dónde ha caído y procura con afán la restauración. Es polvo que busca no ser arrastrado por el viento y se aferra a Dios. Dios lo preserva aun en medio de sus caídas. ¿Tiene que caer para crecer? Definitivamente, tanto como un bebé para aprender a caminar. Este es, grosso modo, el cuadro de seres redimidos en proceso de crecimiento. Y sí, es cierto, a veces las fases del desarrollo contienen ejemplares más repugnantes que muchos cuyo crecimiento en Dios aún dista de comenzar o nunca iniciará.

Para ti, aquellos líderes «consumados» que juzgas, no pueden ser neófitos espirituales o larvas, sino adultos o imagos en los que ya la metamorfosis se completó, al menos en su mayor parte. ¿Cómo lo sabes? Solo a Dios toca juzgar el material defectuoso que constituye a cada quien, y cómo lo ha rendido para edificar sobre la verdad que aceptó seguir, porque solo Él conoce cuán completo pudo ser su crecimiento y cuán digna su vida. Al ser juzgados por nuestras obras, la medida primaria no será la calidad de vida moral o ministerial alcanzada, sino cuánto hicimos con la dotación de gracia divina a partir de lo que fuimos e «hicieron de nosotros» antes de rendirnos al Creador. Te topaste con lo débil y humano, con lo incompleto y carente, y no pudiste ver el menor atisbo de la obra de Dios; sino que lo usaste para rechazar a quien también trabaja en ti para no dejarte falto y excluido de su reino. Lo que sí es innegable, y te lo concedo, es que no es para todos todo tipo de labor en la mies, y aun cuando alguien se ajuste a la medida del llamado que recibe, no debiera dar por hecho su aptitud o cuidar con fanatismo su imagen del escrutinio de sus iguales, sino que la reverencia y amor al Dios que lo llamó han de ser su mayor motivación.

También, y esta es otra cara de la moneda, con frecuencia se asume en falso que la conversión del alma ocurrió, cuando los únicos sucesos acontecidos se deben al martillar de la divina palabra que permanece golpeando la roca de un corazón humano que aún no se ha terminado de quebrar. Así como tras muchas horas de sufrimiento de Cristo en la cruz, y anterior flagelación y humillación, fue que se terminó su misión y vino su «consumado es»; no por el acercamiento y participación de un hombre o una mujer en lo divino se ha consumado su conversión y salvación. Al igual que Cristo es necesario morir. Y esa muerte del alma que renace en Dios nunca ocurre ni rápido ni fácil, siempre hay una larga historia precedente. En su curso metamórfico, estas pupas pueden volverse doctores en teología antes de ser salvos, misioneros exitosos antes que hijos de Dios. Y aunque tales ejemplos no son los más frecuentes, su ocurrencia es posible y ha sido verificada por consabidas desgracias. Algunos incluso malogran el proceso y no se consuma su conversión, aunque permanecen de por vida insertados en estructuras humanas propias de los que supuestamente viven en una condición de comunión privilegiada con Dios. Así fue que tú ejerciste como misionero. Con toda seguridad hubo vidas que vieron la luz del evangelio, y se constituyeron en hijos de Dios por la fe, aun cuando tú solo estabas viviendo una parte del proceso que en ellos ya se había consumado. La misericordia de Dios te usó en tu inconversión para llevar a otros a la vida regenerada.

Una última consideración se impone. Si de clasificar a aquellos que profesan la fe se trata, no pueden faltar los que «han sido iluminados, han gustado del don celestial, participado del Espíritu Santo, de la bondad de la Palabra y de las señales del mundo venidero, y clavan otra vez en la cruz al Hijo de Dios». Estos son los apóstatas, los que, por su maldad deliberada, han endurecido su propio corazón y lo han incapacitado para el arrepentimiento. Desterraron a Jesús de sus vidas con persistente menosprecio y escarnio y, con pleno conocimiento, cometen el pecado para el cual no existe ni arrepentimiento ni más sacrificio. Comieron y disfrutaron de la revelación divina, pero al llegar a su vientre la abominaron y la vomitaron indigesta y, una vez afuera, se empeñaron en pisotearla y aborrecerla aún más. A diferencia de los primeros (los que fallan, pero se mantienen creciendo), estos detienen su crecimiento al arrojar de sí al don de vida: Jesucristo mismo. Al igual que el Satán de Milton, que confiesa haberse perdido por tanta bondad divina y que, encontrándose ajeno a todo bien, clama a voces: «¡Oh, Mal!, sé mi bien»; estos, como él, al final resultaron intolerantes al sabor que los nutría y agradaba y constituyen un misterio que solo Dios puede comprender. Son presentados anónimamente en la Escritura como una alarma que advierte de un peligro latente y como el mejor contraste para llamar a la fe y a la perseverancia a quienes han ya heredado las promesas de Dios y sellado su destino con el Altísimo.

No puedo decir a cuál de las categorías anteriores pertenece cada uno de tus personajes —tú tampoco podrías— e intentarlo sería un acto de necedad y soberbia y hasta una vileza similar al crimen de Raskólnikov. Lo que debes comprender es que el carácter de los hombres —creyentes o no— no sirve para validar la existencia de Dios y no siempre permite conocer el alcance de su trato con cada ser humano en particular. Todo aquel que justifica su abandono de la fe, basado en la impronta que dejó el comportamiento de sus semejantes, siempre ha sido incrédulo y solo busca, a veces con desenfreno, sentirse más cómodo con su posición.

Por otra parte, sí creo saber a qué clase estás tú representando en estos momentos. Has tomado una postura tan cercana a la de Cristiano Iglesias que el destino de los suyos pudiera ser también el tuyo. Si bien al principio fuiste lo opuesto a él, ahora has decidido imitarlo al aceptar todo de la vida cristiana aun cuando crees que, en su esencia, no es verdad. No importa de cuántas razones te sirvas para este fin si el resultado es el mismo. Al igual que Cristiano, tú vives, a la vez, ajeno a Dios y al infierno, no eres esclavo ni libre. En tu actual estado, estás condenado al más extraño cautiverio, del cual nadie puede rescatarte. ¿Cómo pudiera ser libertado quien no es esclavo? Pero aún Dios te concede el aire y trata contigo. Con su misericordia te guía al arrepentimiento y a un conocimiento renovador de su Hijo. No importa cuán errática haya sido tu travesía si arribas al puerto seguro de su amor. Al final, quienes sufren más saben guiar mejor a otros. Y esto es también un misterio de Dios: Él nos prepara para ser faros que señalicen el camino a los navegantes de alta mar, para ello nos forja con el calor y el golpeteo de la adversidad.

Es sobremanera trágico lo que me cuentas de Inés y el accidente que puso fin a esas vidas. Acontecimientos como ese nos hacen despertar. Es decir, a cada persona le llega un momento en que despierta a la realidad de la inminencia de la muerte propia. Es como un reloj que llevamos implantado en nuestro corazón, pero que no avisa a una edad en particular ni con igual estremecimiento. Una vez despiertos, los seres humanos reaccionan ante tal descubrimiento de muy variadas maneras. Algunos persisten en negar que esa realidad les acontecerá y viven buscando estupefacientes de todo tipo para bloquear su alerta. Otros no la soportan y estrechan aún más los límites de su existencia material. Una buena parte enfrenta su finitud tratando de perpetuar su memoria mediante proyectos de bien (según su juicio), cuyos resultados desea legar a otros. Para muchos más, la vida es una siembra cuya cosecha recibirán, de alguna forma, en el plano de una existencia que trasciende lo natural, por lo que ven la muerte como una puerta que conduce a esa nueva realidad del ser. Así, de cómo se concibe la muerte depende cómo se elige vivir.

Para el cristiano, el hombre no es un simple «ser-para-la-muerte», ya que la muerte es un artefacto generado por el pecado, la cual no trae como resultado la inexistencia, sino la separación. En cuanto ser humano, puede sentir el pavor de encontrarse con ella, pero en cuanto creyente la ve como ganancia, como el necesario fin de la carrera al que sigue una coronación gloriosa. Sin embargo, como ser de carne y hueso sufre en extremo la muerte de los que ama, ante lo cual también fabrica reglas inútiles sobre a quiénes espera ver morir y a quiénes no y hasta de qué tranquila forma finarán. Cuando alguna de estas reglas no se cumple, la sorpresa lo hiere aún más.

Ver morir a Inés, con quien ya deseabas pasar tu vida, y al resto de tus amigos en tan extrañas circunstancias fue un golpe devastador. Tu fe incompleta fue abatida por el dolor, y una vez más los creyentes que te rodeaban dejaron caer sus miserias sobre ti. Ahí ocurrió tu colapso del cual aún, amor mío, no te has recuperado por completo ni lo harás hasta que puedas conciliar la imagen del Dios omnipotente y todobenevolente con tal horror.

No pretendo aquí escribir una teodicea llena de lógica y teología aplicada que ya conoces según me dijiste y te supo a cliché, aunque expuesta con rigor no lo es. Pero sí quiero que empieces a entender que hay muchas cosas que no se pueden descifrar, y el hecho de que permanezcan extrañas a la razón no indica que no haya Dios o que Él se mantenga ajeno al curso de su creación. La Biblia nunca presenta la lógica y deseada imagen (más deseada que lógica) de un dios que solo consiente lo bueno a cambio de la fidelidad. Aun cuando se enuncian las bendiciones que siguen a la obediencia, los relatos también exponen al Dios que permite y usa el sufrimiento humano. De esta forma, el libro de los Salmos es una constante mezcla de alabanzas por los hechos liberadores de Dios, con la queja, súplica y frustración ante lo que no se entiende y resulta insoportable para la comunidad o el individuo que escribe. Job mismo es el arquetipo del justo que sufre sin faltas atribuibles que justifiquen el origen de sus desgracias. Los apóstoles del Nuevo Testamento bien pudieron haber sido librados de cada emboscada o piedra lanzada, pero no fue así, tuvieron que probar con la sangre y la tortura la validez de la fe que profesaban. Toda la tradición cristiana puede dar testimonio de miles de tribulaciones que el Dios de poder y amor pudo haber impedido, pero decidió no hacer. Un cuadro ampliado de esta paradoja revela que muchas veces al dolor siguió un mayor compromiso de los sufrientes, y que el evangelio se abría gran paso en medio de desoladoras circuns- tancias. Por tanto, el semblante caótico del mundo no demuestra que su Creador se marchó o nunca existió, sino que se conduce con reglas propias que no entendemos o no queremos aceptar. La Escritura expone con claridad que toda la creación cayó bajo la condenación de Adán y que de lo perfecto y ordenado surgió el caos más aberrante y desconsolador. También, en contraste, dice que tanto la naturaleza como los hijos de Dios (mujeres y hombres que han sido redimidos) gimen y esperan ansiosos la restauración de todas las cosas. Son descritos como mujeres que sufren dolores de parto (no de muerte) y que con firme esperanza se acercan al final de su dolor para abrazar la nueva vida que, con igual inquietud, también espera por ellas. Como ves, el creyente auténtico no queda postrado ante el desconcierto de la pérdida que lo aturde. Él no vive bajo la expectativa de un mundo feliz custodiado por un Guardián Celestial que no dejará que se le raspen las rodillas. No, el cristiano nace bajo la figura del Calvario; nace de la muerte de Dios, lo cual significa morir a sí mismo y esperar la misma resurrección gloriosa de Jesucristo. Quien se aleja de Dios por lo brutal de la vida, nunca lo conoció y menos le creyó. Es más, todo creyente, para constituirse como tal, tiene que pasar de alguna manera la prueba de fuego, esto es: somos forjados con la adversidad para que nuestra lealtad no responda a beneficio —o trueque— alguno recibido del Altísimo, más allá del que se encuentra en las promesas aceptadas por fe y en una vida terrenal en la que Dios promete estar, aunque no como garante de una imperturbable paz.

No quiero tampoco que interpretes mis palabras puerilmente. A diferencia de los consejeros que tuviste, no pretendo defender mi propia imagen de Dios para sentirme bien conmigo misma o manipular el pensamiento colectivo. Pero debes comprender que el cristiano sufre los embates de un mundo maldito y también puede sentir el aturdimiento del «por qué así» y «por qué a mí», pero no queda varado en la desesperación, sino que se aferra a su Creador, aunque se le niegue una explicación. Es como las hormigas: puede llevar un peso que triplica el suyo porque está sostenido por la gracia divina que le hace perseverar hasta el fin. Por eso el suicidio nunca será una opción y a ello solo acuden los que no conocieron a Dios. Aunque no dudo que este cuerpo material se enferme y muchos lleguen al descanso divino transportados por sus propios brazos cubiertos de su propia sangre. Solo Dios sabe el nivel de inconsciencia orgánica que lleva a alguien a la autodestrucción y solo Él conoce quién es culpable de suicidio y quién solo de locura mortal pero no inmoral. A veces son otros los que llevan la sangre del suicida «loco», precisamente los que lo ayudaron a alcanzar tal estado o no lo cuidaron bien en su enfermedad.

Mucho más extenso pudiera escribir sobre cada tema que he tratado que entiendas. Pero sé que solo Dios podrá persuadirte de estas cosas y para ello suficiente material ya tienes. Escribirte ha sido un gran repaso y sistematización de mis propias experiencias y fe. Sé que cada palabra que con esta carta te entrego fue inspirada por mi Señor, quien, desde años atrás, aun cuando no te conocía, me ha estado preparando para ti. Si tuviera que resumirlo todo en un breve párrafo y a modo de exhortación y ruego, te lo diría así:

Mi amor, mi Robert, te convertiste a un dios que no era Dios. Así que el Dios verdadero, que nunca es el autor del pecado, permitió que sufrieras el pecado de otros y hasta la brutalidad de la vida para que te decepcionaras de ese pequeño dios al que te habías entregado y del cual abjuraste con determinación. Ahora, otra vez, el evangelio de vida te está siendo presentado y, así, una oportunidad más para tomar tu decisión. Dios te ha elegido para salvación, no lo dudo, pero eres tú quien ha de hacer efectiva su elección. No demores más, para tu mal, el encuentro regenerador con tu Dios. Acepta la visión con la que hoy te llama para hacerte parte de su nueva creación, de los que esperan con ansias la libertad gloriosa de todo lo que el mundo en su estado actual impone, libertad solo prometida a los hijos del Rey.

En breve estaremos juntos y podremos hablar tanto como necesites. Podremos incluso intercalar palabras y besos y usar tanto el lenguaje humano de la pasión como el divino del amor. Así que ahora solo me resta contarte algo más. Como mismo yo desconocía en gran parte tu pasado, también tú ignoras una porción importante, aunque superada, del mío. Nos fue tan grato el presente que nos unía y tan embriagante la sensación de haber sido hechos el uno a la medida del otro que no nos pareció necesario indagar en nuestras historias. Además, como pude ya comprobar en ti y tú verás en mí, nuestros pasados contienen demasiados elementos negativos y hasta repulsivos como para que nos sea fácil relatarlo o recordarlo a posta. Pero ahora seremos uno y nuestras vivencias anteriores, que al principio solo pertenecían a quien en carne las protagonizó, se unirán para formar una larga introducción de la gran historia de nuestro amor, la cual solo cerrará el día que uno de los dos tenga, por voluntad divina, que abandonar este mundo.

Así que de inmediato sabrás lo que nunca hubieras pensado que viví. Verás que mi ayer no es tan limpio como crees.

VII

Confesiones

«Me arrebataron la religión que idolatraba con el desengaño de su ejemplo deplorable, y me vengué engañándolos con una piedad irrefutable».
Irene Harson

Tenía quince años y hacía dos me había bautizado. Mi participación en el culto público era constante, por lo que a la vista de todos mi vida cristiana marchaba muy bien. Aún me sorprende lo fácil que es crear una buena imagen ante la congregación. Son muy pocos los que saben mirar más allá de la apariencia y a veces son censurados por sus consejos «alarmistas y exagerados» y se les trata como a creyentes inmaduros. (Algo muy diferente ocurre cuando algún hecho escandaloso se torna en cierto grado evidente: la información, sin importar de quién proceda, se inflama como pólvora y se deforma como plastilina al ir de mano en mano). Aun mis padres, tan inmersos en su ministerio y en sus propios problemas, se conformaron con mi desempeño en las plataformas y mis buenos modales en casa. Sin embargo, mi exterior intachable frente a todos ellos no era más que un signo severo de la enfermedad que en mi alma se enquistaba.

Como parte de la adolescencia, hacía ya mucho que había comenzado a cuestionarme la vida y la fe. Quizás hubiera encontrado las respuestas adecuadas, sin que mayores conflictos se generaran, de no ser por el golpe fatal que me asestó la decepción. Sí, al igual que tú, yo me dejé succionar por el mal ajeno. No es mi propósito ahora contar quién hizo qué y por qué, pero tanto en el ejemplo de mis amigas —también adolescentes bautizadas y asiduas de la iglesia desde la niñez— como en el de mis padres —que no vivían su mejor momento— me refugié para contradecir en actos y pensamientos todo cuanto de la religión provenía. Fue mediante la típica rebeldía y torpeza juvenil, magnificadas por la furia adquirida al interpretar los hechos como una ofensa directa contra mi persona, que me rendí a prácticas que ni siquiera deseaba. Me resultaba gratificante fingir y hacer valer una apariencia pía, como si vivir dos vidas fuera un juego y a la vez la forma de hacer pagar por su escarnio a quienes declaré culpables de mi deserción de la fe. Ellos me arrebataron la religión que idolatraba con el desengaño de su ejemplo deplorable, y yo me vengué engañándolos con una piedad irrefutable. Así pensaba; así me perdía.

Al mismo tiempo que mis problemas afloraban con creciente intensidad, comencé cada día, después de clases, a reunirme con chicas y chicos que no eran cristianos. Al inicio el único interés era el estudio. Éramos algo así como el equipo de alto rendimiento que representaba a la institución. Recibíamos clases especializadas en horario extra y participábamos en diversas competencias académicas según nuestra vocación. Ellos eran, como es costumbre decir, «buenos muchachos», pero una moral cristiana era lo último que admitirían en su grupo. Dejé que toda la soledad que sentía, por no hablar con nadie sobre mi crisis emocional y espiritual, me apegara demasiado a ellos. En poco tiempo me encontraba inmersa en cualquiera de las típicas series de drama adolescente ambientadas en el *High School*. El sexo, la moda sensual, las relaciones amorosas y fiestas constantes eran los nuevos temas que me circundaban. A mis padres no les extrañó que su hija se ausentara de casa más de lo normal. El progreso académico fue siempre una excusa aceptada (y, en rigor, cierta). No les reclamo su descuido o exceso de confianza; estoy convencida de que se hubieran desvivido por socorrerme si les hubiera mostrado mi necesidad.

No demoré más de dos meses en claudicar ante los paradigmas del grupo. Frente a ellos vestía diferente y mi vocabulario era otro. Pretendía oír, con exaltado interés, cuando entre las chicas se hablaba de algún muchacho especial o de cómo algunas de ellas habían, recientemente o no, perdido la virginidad (claro, en su jerga era más bien «ganarle» a la virginidad). Salvo raras excepciones, ninguna se enteró de mi rostro cristiano, nunca di lugar a tales dudas. Siempre conseguí justificar con un padre sobreprotector el hecho de no participar en sus fiestas nocturnas, a las que solo me negaba por ser demasiado riesgosas para mi posición encubierta.

Así fue todo hasta que apareció un joven algo mayor que aseguraba ver en mí al ser más bello y exótico que había conocido. Casualmente, era uno de esos «encantos» que cursaba el último año y siempre estaba presente en las pláticas de las muchachas de mi círculo más íntimo. Al dar muestras de interés por mí, la presión fue tanta que renunciar a él significaba mi expulsión del grupo y, aunque en verdad los percibía como una antiutopía, no estaba dispuesta a perder mi membresía. Tras varias semanas de cortejo (periodo más largo de lo usual), que más bien fue un ritual animal para copular, acepté ser su novia, aunque en realidad no sé ni qué fuimos. Nuestra relación solo ocupó los horarios escolares y unas cuantas tardes de estudio extra. Como era todo un especialista en tomar la virginidad de muchachas lindas y recatadas (ambas características aumentaban el tamaño del trofeo de llevarse a alguien nuevo a la cama), supo administrar sus dosis de caricias sin insistir mucho en el sexo al principio. Cuando ya los besos y el manoseo público cesaron de satisfacer su virilidad y egocentrismo, empezó a reclamar lo que por derecho animal le correspondía, y en ese momento me quebré. Entendí que rendirme al sexo libre era entregar lo último que me distinguía de aquellos que vivían sin Dios. Su demanda era un punto de no retorno. Si cedía, el próximo paso era repetir con más ferocidad y menos recato el primero; es decir, permitir ser cortejada para la cópula por un nuevo ejemplar. Entonces, pensé con más detenimiento mi situación.

Nunca olvidaré aquella tarde de miércoles. Habíamos acordado vernos en su casa, donde solo él estaría, sobre las cinco (lo cual significaba faltar a una de mis clases extracurriculares que solían durar dos horas). Aunque no hubo esta vez un mensaje explícito, sabía lo que tal encuentro significaba para él. Ese día falté a la escuela por la tarde. Estuve encerrada en mi habitación desde la una hasta las cuatro y media. Me sentía en extremo angustiada. Mis decisiones me habían llevado al límite y no sabía cómo continuar. Por una parte, la religión que aún amaba seguía siendo un puerto seguro, aunque probablemente falso. Por otra, el amor y el goce mundanal me resultaban ridículos y fútiles, como si no fueran para mí. Me sentía condenada al curso de una vida vacía y sin significado. El absurdo que antes solo justificaba mi rebeldía terminó apoderándose de mí con todo su poder desolador. ¿Existía Dios y con Él un destino, o solo una mística voluntad de vivir que guía a los individuos a actuar en pro de la especie? Durante cuatro meses viví mi juego con insolencia. No me importaba ahora revelar ninguna de mis facetas. Pero sentirme dueña de tanta libertad solo me abrumaba más. Significaba que todo daba igual. Podía matarme en ese mismo instante y nada ocurriría. En mi desesperación clamé a Dios, clamé como el peor de los perdidos: «¡Dios, ayúdame!».

Sin buscarlo, me quedé dormida por unos treinta minutos; mis energías habían sido drenadas por el aturdimiento. Desperté y aún estaba a tiempo de ir, pero, como un rayo de luz que penetra la oscuridad cuando se abre una ventana, entendí que todo el asunto sexual era un tema accesorio y que tenía cosas más urgentes que resolver si no quería enloquecer. Logré que el sinsentido que me estaba apabullando me ayudara a romper con los compromisos que había creado, sagrados o profanos, sin dar explicaciones. En definitiva, ¿qué estaba perdiendo si no tenía nada? Así fue como quedé en total soledad: sin amigas, sin novio y sin religión. Una vez más todo pasó desapercibido. Para mis padres y la congregación, solo me tomaba un receso de las plataformas quizás para ocuparme de alguna urgencia escolar. En la periferia todo marchaba bien, pero dentro se producía una revolución aún más violenta que cuando decidí interpretar dos papeles a la vez.

¿Sabes qué me cuestioné con brutalidad? El amor. ¿Existe o solo es una ilusión que lleva a seres conscientes a la reproducción y mantenimiento de la prole? Tenía un representante en ambas esquinas de mi pensamiento. En la azul estaba el novio apasionado, figura del amor animal, y en la roja, el Cristo de la cruz, encarnación del amor sacrificial y trascendente. El primero era un libro abierto de etología en el capítulo de apareamiento; el segundo... era inexplicable. Si Dios había muerto en una cruz, el primero era solo una corrupción del amor divino, y así como una línea torcida da testimonio de que existe la línea recta, lo aberrante aquí confirmaría lo puro y originario. Por otra parte, si no hay Dios, la cruz de Cristo es una extraña radicalización de un amor que no explica un altruismo que no beneficia a la especie o, por el contrario, Cristo fue un engendro de la naturaleza cuya muerte, al servir como aliciente social, fue meticulosamente entretejida por la «voluntad de vivir» para convertirla en una leyenda mundial que impulsara a la especie. Pero no solo por conferir resistencia a los vivientes que enfrentan a diario un mundo caótico, sino también para mantener en «equilibrio poblacional» al universo. Es decir, Cristo-la-leyenda sería, además, instrumento y pretexto de la «voluntad de poder» para incrementar el carácter beligerante de la especie y así aniquilar a los miembros más débiles o amenazantemente más aptos de la humanidad. Este Cristo legendario, precursor de la vida y de la muerte, sería el representante por antonomasia del amor sacrificial. Un amor tan beneficente y cruel a la vez que convertiría en una necedad todo tributo rendido a los héroes y mártires de la historia, quienes no serían más que pequeños cristos-leyendas inventados por la naturaleza que se empeña en crear impartidores de una esperanza letal que levanta al hombre contra el hombre. Entonces, a menos que haya Dios, el amor no es amor o, lo que es igual, el «amor ha muerto». Nunca fue más que un error semántico que se propagó de boca en boca. La plaga más infecciosa que ha sufrido la especie humana. «*¡Destruidla!*», debería ser el grito de cada hombre y mujer ansiosos de justa libertad.

Con la destrucción del amor se construiría un super-hombre emancipado de las fuerzas de la naturaleza y entregado a una cultura dionisíaca. Un superhombre que concibe al mundo como una gran aldea y a cada semejante como miembro respetable de su manada y, como la ilusión de razón habrá sido vencida, no será más un *homo homini lupus* que cede ante la pulsión de muerte. (Siempre ha sido la razón la causa de toda masacre: las bestias no crean guerras mundiales ni campos de concentración). Para este nuevo hombre ni vivir ni morir tendría significado más allá del placer. No existiría religión organizada ni una estética privilegiada sobre otra, ya que el hombre viviría en el extremo más creativo de la libertad. El sexo sería sin norma alguna, y una ciudad en la que sus individuos decidan andar desnudos y copular a la vista de todos sería muy normal. Además de esta libertad, la única característica común a los hombres sería su rebelión y odio a la naturaleza que los engañó, durante siglos, y les hizo creer que eran superiores a cualquier animal inconsciente. ¿Qué es, entonces, la conciencia? Es solo la ilusión del inconsciente que caracteriza a la especie humana.

Este mundo sin Dios al que fui llegando me enardeció. Por un momento me fue tan odioso como real. Después, se fue desvaneciendo ante las inconsecuencias de sus postulados. El amor en verdad me rodeaba. No solo se materializaba en mis conocidos y en sus historias, sino que era la mayor de mis mejores pulsiones. Dios es amor y creó a un único ser a su imagen y semejanza: el homo filos filos. Sí, entendí que somos la especie del amor. Plenamente conscientes para recibirlo y otorgarlo con libertad. Todas nuestras guerras (aun las que pretenden usar la religión como bandera) y maldades son el fruto de las desviaciones ontológicas que el ser creado heredó de su caída en Adán. Sabemos que son malas porque las juzgamos según el molde de nuestra constitución original que, aunque dañado, persiste en nosotros como una alarma que nos avisa de la verdad. Son como un gran tumor: podemos sufrirlo, pero nunca acariciarlo como si de un brazo o una mano se tratara y, en el fondo, a todos nos gustaría extirparlo. La maldad es la desviación del inconsciente que caracteriza al único ser consciente, el ser humano.

Redescubrir la realidad del amor me llevó al Dios de amor. Como mujer en brazos de su amante la primera noche de bodas, fui llevada al arrepentimiento. Fui seducida por un poder restaurador. Cada lamento por mi pecado se tornó en convicciones firmes que no estaban condicionadas a ningún elemento del ambiente. Era libre para hacer lo que me convenía sin tener que reproducir estereotipos. Empecé a ser más yo que nunca antes y a la vez su Palabra habitaba en mí con una fuerza inusitada. Robert, en verdad renací «de agua y del Espíritu», fui hecha hija de Dios por la fe. Antes podía orar, predicar, cantar y ministrar a otros en cada servicio, pero ahora la presencia de su Espíritu rebosaba en mí en todo tiempo.

Cada área dañada de mi vida encontró sanación. Decidí no hablar con mis padres sobre estos eventos para evitarles dolor. Más bien me propuse ser un bálsamo para sus heridas. Me incorporé con paso lento pero firme a la vida ministerial y desde entonces he disfrutado cada palabra que profiero en público. En especial, discipular y pastorear a otros ha sido reconfortante. Pocos meses después de tal renovación, me sentí llamada al ministerio misionero. Poco te comenté sobre ese majestuoso momento. Mientras tomaba lugar el servicio dominical, el Señor me confrontó. Sentada en mi banco, en la mayor tranquilidad, mi amor a Dios fue seriamente cuestionado. Era como si alguien más me preguntara, en presencia de Dios mismo, si amaba a mi Señor lo suficiente como para entregarle todo mi tiempo y mis fuerzas. No fue coincidencia que durante ese éxtasis estuvieran presentando el proyecto MIA y la necesidad de obreros. Podía oír tanto la voz física que desde el púlpito hablaba como la voz interior que con solemnidad me preguntaba: «¿Amas a tu Dios lo suficiente?». No era la pregunta de quien busca una respuesta que ignora, sino de quien demanda una confesión sobre la verdad que de antemano conoce. Por supuesto, Dios sabía que lo amaba y que ya no quería bien fuera de Él. La respuesta que se me pedía era la firma oficial de un compromiso con el Rey, y el llamado de obreros desde el púlpito, mi primera gran misión. Fue un momento sagrado.

Como sabes, entonces tenía dieciséis. Desde mi llamado, cada día ha formado parte de un gran entrenamiento que ha abarcado todas las áreas. Mi carácter ha sido modelado. A veces más con el cincel del escultor que con la suave brocha del pintor. Pero cada día voy por más, no me detengo. En lo académico me he preparado tanto como he podido. Desde los diecisiete comencé mis estudios de antropología y teología, de los cuales me graduaré al regresar. He sido una ferviente lectora de la Biblia y de todo tipo de literatura, cristiana o no. Amo a mi Dios y espero con ansias los momentos que planifico para estar a solas y entregarme en oración. La tentación de descuidarla siempre está presente, pero el hambre que siento por mi Señor no me deja alejarme demasiado antes de reaccionar y volver aprisa a su intimidad. Mi relación con otros creyentes ha mejorado muchísimo desde que dejé de condenarlos por cada acción que rompe la norma de mis criterios o los esquemas preestablecidos. He aprendido a respetar su libertad, a escucharlos, a sostenerlos en su debilidad, perdonarlos, saciarlos si hambrean, amonestarlos si erran, restaurarlos si caen. También busco llevar la semilla del evangelio a los que andan sin Dios; no como quien va de pesca a ganar un trofeo, sino como quien se compadece de su ignorancia y se da a ellos en amor. Dios me permitió llevar las nuevas a cada uno de quienes me vieron vivir mundanalmente. No podrías imaginar la gran cara que puso el donjuán cuando la res que no pudo marcar le habló del verdadero amor que solo hallaría al volverse a Cristo.

Nada de lo que con gozo te he contado tiene el menor aire de triunfalismo. El esfuerzo humano es, en primer lugar, mérito divino, y toda alabanza que pudiera recibir el creyente es ganada por pura gracia. Tampoco creas que siempre vivo en una gran cima tocando el cielo. Más de una vez he atravesado la aridez espiritual, una especie del «anticlímax» que muy bien conoce Escrutopo; pero ya no lo enfrento encerrada en mí misma, busco el oportuno socorro de Dios y hasta los brazos firmes de un buen hermano. Siempre consciente de que la forja del maestro produce la gloria eterna y de que todo obra para el supremo bien de conformar a su imagen a quienes lo aman.

Estoy convencida de que mi misión entre los nativos terminará por ahora. Me gozo en cada cosa que viví, buena o mala, porque siempre vi que la mano del Dios que me envió hacía fructificar nuestra obra. Ahora que conoces de mi puño y letra mi pasado, entenderás cuánto comprendo tus propias luchas. Por eso una nueva misión me fue dada: he sido llamada para ser tu esposa. Como ya te dije, lo supe mucho antes de que tú me miraras con amor, pero al igual que tardé cinco años en comenzar la labor misionera que ya concluyo, el tiempo para estar por entero a tu lado no había llegado hasta hoy. Y claro que estaremos juntos en cada empresa desde que liguemos en sagrado pacto nuestras vidas. Dios nos ha unido para entregarnos uno al otro y nos ha unido para Él. En sus manos descansaremos cada día que vivamos nuestro amor. Sea Él quien siempre nos dirija y su presencia nuestro tesoro más preciado. ¡Amén! Sea así.

Con todo mi corazón,

tu Irene

P.S. Dile a mis padres que estoy bien y ansiosa de abrazarlos y que me perdonen por no escribirles en esta ocasión. Recuérdale a papá contactar con su amigo para rentar, todo el mes de noviembre, la casa de campo donde pasaremos la luna de miel. A mamá le mando un beso bien especial y también le pido que busque a una modista dispuesta a transformar un poco el vestido de novia que ella usó. Mi deseo es hacerlo menos formal, más liviano y adaptarle una cauda barrida con encajes.

VIII
Restauración

«Renací a una verdad cuyo contenido había leído cientos de veces, pero solo recién comenzaba a comprender».

No sería fácil resumir en una página el impacto que ejercieron en mí las anteriores palabras de Irene. Me tomó una vida a su lado comprenderlas y asimilarlas. Sin embargo, la diferencia entre el hombre que ella dejó y el que encontró a su regreso era notable. Mis ánimos para insistirle en lo vacuo de creer en un Dios real, y en mi brillante apuesta al entregarme a una cultura religiosa capaz de salvaguardar los límites morales, se desvanecieron. Ya no hallaba razón para dar crédito a mis «descubrimientos» ni para intentar probarlos por medio de los problemas morales de otros o los eventos adversos de la vida. Fui desarmado por la sabiduría de Dios corporificada en una mujer que en verdad rebosaba en alma y cuerpo de una belleza exótica.

Tal y como ella planificó, su llegada fue seguida sin demoras por los preparativos para la boda. Fueron quince días hermosos en los que a la vez celebrábamos su regreso y nos dejábamos inundar por las expectativas del matrimonio. La ceremonia nupcial fue sencilla, pero ha sido una de las experiencias más profundas que he vivido. Yo, un hombre que había renunciado a Dios y aceptado la moral religiosa, pudiera, sin más, haberme sentido complacido mientras pronunciaba los votos ante el altar, pero... fue más que placer. En aquel entonces lo catalogué como un momento numinoso; ahora sé que la misma presencia de Dios presidía el evento y que ante Él signábamos un pacto sagrado. Al mismo tiempo que pronunciaba mis propias palabras, las escuchaba como si estuviera oyéndolas desde el banco de los invitados; mientras escuchaba las de Irene, las repetía en silencio devolviéndoselas. Estábamos en verdad sellando un pacto y éramos tanto los firmantes como los testigos, y Dios estaba allí como autoridad legal y como garante a la vez. La multitud que nos rodeaba confería mayor solemnidad a aquel momento; ante ellos no solo nos confesábamos como unidos para toda la vida, sino como testimonios vivos de la majestuosidad de la creación de Dios. Todo el evento fue una gran adoración al Padre que nos unió y sembró en su reino para reflejar su gloria. Así transcurrió la tarde del 1° de noviembre de 1998, el más dulce día que he vivido desde entonces, el domingo en que efectué mis más sublimes juramentos.

La noche llegó y nuestros ojos brillaban más que la luna que adornaba el cielo de la casa de campo que nos albergaría el resto del mes. Todo estaba acomodado a la perfección para recibir a dos amantes en la primera noche de su pasión. Atravesamos un sendero demarcado por pétalos de rosas y llegamos a una sala de estar bañada con la luz tenue que lanzaban varios apliques. Un cómodo sofá *chester* de terciopelo de tres plazas nos pareció una irresistible tentación para tomar un «breve» descanso que demoró toda la noche. La acomodé en un espacio preciso entre mis piernas y la rodeé con mis brazos. Me detuve a mirarla y removí con un beso el maquillaje que aún quedaba en sus labios. Ella sonrió y se apretó fuerte contra mí. Desabotonó parte de mi camisa y recostó su cabeza sobre mi piel mientras una de sus manos recorría con suavidad mi pecho. Yo respiré el aroma de su pelo y quise proferir palabras tiernas, pero ella con un beso las frenó. Terminó de sacar mi camisa y me amó con tanta pasión que aún hoy, cuando recuerdo ese momento, una melodía indescifrable embriaga mi mente, la misma que escuché sobre aquel sofá donde por vez primera nos entregábamos al hondísimo y genuino placer del amor. Al despertar, su cuerpo desnudo yacía por completo sobre el mío. Fue entonces que descubrí, con la luz del día, cada detalle de su hermosa figura. La elevé en brazos hasta la bañera y besé cada rincón de su anatomía con el mayor detenimiento que pude. Junto al ruido del agua que fluía y la suave espuma, los cantos del amor se volvían a fabricar. Ese fue el inicio de nuestro dulce noviembre, cuando nos fundimos en una vida de amor físico, emocional y espiritual tan profundo y misterioso como el Dios que nos unió.

El primer periodo posterior a nuestro casamiento fue un descubrimiento en todos los sentidos. Cada día al despertar, notaba que Irene ya había abandonado la cama para entregarse a la oración, casi siempre en un rincón de la habitación o en el recibidor. Su día empezaba con Dios. No tuvo que hacer ninguna petición para que yo la imitara. Al principio solo me complacía observarla y ser parte de su estudio de la Palabra, pero después, tan despacio que apenas me percaté de ello, también llegué a formar parte de sus oraciones. Así, al desarme que antes de su retorno ocurrió siguió una poderosa fascinación por lo divino. Pocos meses después de nuestra boda me descubrí como el más inexperto admirador del cristianismo. La doctrina, la historia buena y mala, la liturgia y la misma Biblia volvieron a ser para mí centros de contemplativa admiración. ¿Cómo era posible que todo aquello que ya conocía, y de lo cual me había servido a gusto hasta renunciar a su valor real, se afirmara de nuevo en mí? Y es que tal y como Irene me había dicho, el evangelio de vida me estaba siendo presentado una vez más, y ahora estaba preparado no para usarlo, sino para recibirlo en toda su grandeza. Fue así como la fe viva, que confiesa al Dios verdadero, surgió por primera vez en mi corazón. Renací a una verdad cuyo contenido había leído cientos de veces, pero solo recién comenzaba a comprender.

No me apresuré en hablar con Irene sobre mi nueva situación, yo mismo no comprendía del todo lo que me pasaba. Una noche, justo antes de dormir, confesé sin percatarme de ello, fue un diálogo revelador para los dos. Mientras Irene preparaba la cama me preguntó qué opininaba sobre Emily y Alexander Horton, una joven pareja de la iglesia que había decidido divorciarse:

—Amor, ¿qué crees sobre los Horton? Su situación nos ha estado afectando a todos desde hace un tiempo.

—Ahora que lo mencionas, he hablado varias veces con Alex en estos días —le dije—. Y para ser franco, creo que haríamos bien en respetar su decisión. No está siendo fácil para ninguno de los dos y tanta charla los perjudica aún más.

—¿Qué quieres decir? ¿Los dejamos por incorregibles y no les aconsejamos luchar por su matrimonio? ¿Eso harías tú si atravesáramos alguna crisis? ¿Te rendirías y ya?

—Bueno, linda, eso depende de cuán difícil te pongas, ¿no crees? —le respondí con una sonrisa pícara, por la que recibí un merecido almohadazo.

—Dime en serio, Robert —me replicó. Enseguida noté que el asunto, por alguna razón (probablemente por su relación con Emily y porque teníamos edades similares a los Horton), afectaba a Irene en lo personal. Solo se dirigía a mí por mi nombre cuando necesitaba presentar una demanda que requería urgente contestación.

—Ok, mi vida. Tú sabes que creo que el matrimonio es un como un brazo: si se quiebra, la única opción es repararlo, nunca deshacerse de él —le dije parafraseando una alegoría bien popular en nuestra congregación—. Sin embargo, hay veces que por razones muy particulares el brazo no solo está quebrado, sino también gangrenoso y, como sabes, la única solución es cortarlo para que no continúe pudriendo lo que queda sano del cuerpo. Lo que intento decirte es que, en efecto, creo que el matrimonio fue instituido por Dios y es un estado santo fundamentado en un vínculo sagrado y permanente. Pero también creo que algunos se casan más como incrédulos que como creyentes, dado que sus decisiones se basan en impulsos ajenos al pacto matrimonial. No es que sean incrédulos, sino que como tal se comportan al dar el paso de casarse. Alex y Emily, para su propio mal, ligaron sus vidas sin entender lo que hacían. Conocían la doctrina, pero eso no les impidió proceder y dar cabida a la confusión de sus deseos y a la satisfacción de quienes quisieron verlos juntos. Apenas les permitieron conocerse. Su noviazgo fue un dibujo, un espectáculo montado por padres y amigos que de alguna manera se beneficiarían con tal unión. Fueron infelices desde el principio, como sustancias que no pueden mezclarse, sino solo reaccionar con violencia al más mínimo contacto. Por supuesto que intentaron remediar el error y poner en marcha su relación, pero el amor no se fabrica en la maquinaria de las leyes, más bien las leyes fueron dadas para proteger el amor. Hoy, gran parte de la congregación que los trata con indiferencia e indignación es culpable de sus desgracias y, como culpables, deberían avergonzarse de sí mismos en primer lugar. Es cierto, no han adulterado, ¿pero no es acaso el adulterio mucho más que el acto físico consumado? ¿Cuánto crees que falta para que uno de los dos, o ambos, sea tentado a correr a brazos ajenos que lo liberen de su manicomio actual? ¿Y no sería esa misma tentación (o más bien tortura) un acto de adulterio y engaño, dado que sus voluntades permanecerían atadas al mástil de la fidelidad conyugal sin pertenecer a este nunca más? A duras penas resisten el daño mutuo que se hacen cada día. Ya sea con la indiferencia o la irritabilidad, viven como enemigos que se castigan por estar confinados a una habitación que les prohíbe el espacio vital. Temo que, si permanecen como están, su juicio se nuble cada vez más y cometan errores aún más deplorables que el divorcio.

—Entonces, ¿qué harías tú si fueras su pastor? ¿Consentirías, sin reparo, el divorcio? —me preguntó Irene que como siempre me dejaba hablar hasta el final y solo interrumpía para pedir más información.

—Bien, gracias a Dios no soy pastor —contesté con una sonrisa más nerviosa que pícara en esta ocasión—. Pero de serlo, creo que me preocuparía más por sus almas que por mantener su farsa matrimonial. Y si fui yo quien los unió y no los advertí de que darían un mal paso, antes de confrontarlos me arrepentiría como si de mi peor pecado se tratara y también les pediría perdón. Tampoco les permitiría irse con una conciencia limpia. Les haría ver su error. Ellos son los mayores culpables de sus decisiones, con las cuales tomaron como cosa barata e inmunda lo santo. ¿No fue Uza castigado con la muerte por su temeridad? Así, ellos mismos profanaron sus cuerpos santos al tocarlos sin pertenecerles y encubrieron su ligereza falsificando un título divino. Porque, aunque la ceremonia en la que fueron presentados como marido y mujer terminó con la frase «y lo que Dios unió no lo separe el hombre», Dios mismo no los unió (¿o es que Dios está obligado a unir a dos personas porque siguieron un rito y recitaron votos?); por tanto, cometieron sacrilegio al usar sus cuerpos para el placer vacío del otro. No les pudiera recomendar el divorcio, tampoco pudiera presionarlos a mantener el falso casamiento como si al quebrarlo el infierno los esperara con sus llameantes puertas abiertas. Ellos tienen que tomar su propia decisión así como decidieron casarse. Tendrán que tomarla en arrepentimiento y humillación ante Dios y bien conscientes de cuál sea su voluntad esta vez. Si mantienen la determinación de separarse, solo me quedaría encomendarlos a un Dios de gracia y misericordia que conoce el corazón y no puede ser burlado. Al Dios que, como a mí, puede también restaurarlos a una vida plena y a un matrimonio auténtico con real fundamento divino. En resumen, Irene, creo que el divorcio en personas como Alex y Emily es una excepción y como tal no atenta, sino que confirma la regla del matrimonio para toda la vida, el matrimonio como cosa originada en Dios y no exclusiva de los hombres.

—¿Te das cuenta de lo que has dicho? —me cuestionó Irene con el rostro iluminado y llena de tanto fervor que no le importó interrumpirme esta vez, aunque aprovechó una breve pausa en mi discurso.

—¿Qué? Solo te he dado mi criterio conforme a tu sugerencia de imaginar qué haría si fuera pastor. Yo...

—No, no... No me refiero a eso ahora. Has dicho que el Dios de misericordia te ha restaurado. ¿En verdad lo crees?

Quedé en silencio y me tomé un tiempo para procesar las ideas antes de responder.

—Sí, Irene —le dije—. Estos meses han sido tiempos de cambio para mí. Tan hermosos e increíbles a la vez, que aún estoy demasiado sorprendido como para habértelo explicado con claridad. No obstante, sé que me conoces bien y ya lo habrás notado. Así que mi confesión involuntaria solo ha añadido una innecesaria confirmación. ¿Verdad?

—Tan innecesaria como bella. Aun sin tú planearlo, Dios ha confirmado con tus propias palabras la visión que me dio al indicarme, años atrás, que serías tú el hombre con quien terminaría mis días. No solo nos unió, sino que ha hecho de uno edificador del otro sobre el cimiento de su verdad y amor.

Las palabras de Irene tuvieron una carga de sagrada emoción que nos llevó a un abrazo, seguido de inmediato por un tiempo de oración y gratitud al cielo. Esa noche también oramos intensamente por los Horton y nos propusimos ser instrumentos de restauración para sus vidas y no de estorbo ni dolor adicional. La confesión de esa noche no fue la única sorpresa. Días después Irene señaló que yo estaba usando frases de ella, muchas de las cuales me había hablado desde la distancia por medio de sus cartas. Lo cierto es que ambos llegamos a hablar de una forma muy parecida. Como fruto de un amor tan disfrutado, cada uno empezó a usar términos más característicos del otro, aunque fue una relación con Dios lo que resultó en un contenido tan similar.

No solo la fe brotó en mí como lirio, cuyos bulbos subterráneos sobreviven al invierno y emergen en el momento oportuno para abatir la desolación, sino que el deseo de testificar sobre el Cristo resucitado abundó en mi corazón, como si esa misma planta supiera que su razón de ser era aportar su color y aroma a la porción de mundo que sustenta sus raíces. Los recuerdos de mi breve y aun así provechosa vida misionera retornaron con anhelante ímpetu. Al principio, intentamos volver al campo misionero y hasta hicimos preparativos para embarcarnos en una expedición de la MIA. Sin embargo, interrumpimos tales planes ante la evidente guía de Dios que nos llamaba en otra dirección. Fui yo —qué irónico— quien más se opuso a la idea de no continuar el trabajo con la MIA. Tenía tantos deseos de hacer algo para Dios que ni siquiera me detuve a oír lo que Él quería de mí, que no tenía nada que ver esta vez con la selva, sino con un contexto más civilizado. Pero Irene, que una vez más me daba lecciones de humildad, me llevó en oración a la búsqueda sincera de la voluntad del Dios que llama. (Si algo me faltaba por aprender era controlar mis expectativas, que siempre se anticipaban para crear el mejor futuro según yo). Entonces conocimos a los amigos y colaboradores que nos iniciarían en un gran viaje de amor y servicio consagrado, un matrimonio cuya historia siempre será de gran inspiración para cualquier oyente. Considero que Johanna y Paul Watermann marcaron tanto mi vida que de no haberlos conocido difícilmente mi vocación actual sería la misma. Sin ellos, tampoco esta historia se hubiera escrito. Después de Irene, el matrimonio Watermann ha sido mi mayor ejemplo.

IX

Nuevos amigos

«Aprendimos a amar al Dios que bendice con la dicha y afirma con el dolor que no genera, pero que tampoco evita».
Paul y Jo Watermann

Johanna y Paul estaban de vacaciones en Puerto Grande, lugar que, por ser un hermoso pueblo costero con una población cristiana en su mayoría, atraía a muchos pastores y líderes que buscaban un ambiente tranquilo para descansar un tiempo de sus tareas. De entre todas las congregaciones a las que podían asistir eligieron la nuestra para pasar su estancia vacacional. Los conocimos desde el primer día que visitaron la iglesia, un domingo en el que Alejandro me había pedido que impartiera el sermón. Utilicé el pasaje de Hebreos 4 para hablar del reposo del pueblo de Dios y del socorro que tenemos mediante el sacerdocio de Jesús. No olvidaré cómo las manos cálidas de Paul, al final del servicio, estrecharon las mías mientras me preguntaba con afabilidad: «¿Estás preparado para entrar en su reposo?». «Procuro», le contesté sonriendo, a lo que siguió una interesante conversación sobre la exégesis de la porción bíblica predicada. También me presentó a su esposa, tan agradable como él, y para ese momento se unieron Alejandro, Sofía e Irene que acababan de despedir a la congregación como acostumbraban cada domingo al terminar el tiempo. La pareja se presentó como pastores que recién habían cesado sus actividades por cuestiones de salud (lo cual asociamos de inmediato con su esposa que andaba en silla de ruedas) y estarían por unos meses visitando nuestra congregación. Alejandro, atento como siempre, los invitó a almorzar en familia para que así todos pudiéramos conocernos mejor, lo cual ellos aceptaron con gusto.

Eran personas simpatiquísimas y nos hicieron reír bastante durante la comida con algunas de las anécdotas de sus veinte años de ministerio pastoral. También, en un tono más solemne, nos contaron sobre el difícil e infructuoso periodo en el que habían intentado tener un bebé y sobre el diagnóstico de ELA que había recibido Johanna dos años atrás (cosa sorprendente porque, salvo sus dificultades para caminar, no mostraba más signos de la enfermedad). El pequeño convite terminó con otra invitación, esta vez dirigida a nosotros para cenar juntos en la casa en la que estaban rentados. Fue así que el martes en la noche compartimos de nuevo con Paul y Jo (como con cariño la empezábamos a llamar). Para nuestra sorpresa, la pareja había rentado una de las casas más confortables y caras del pueblo, cosa que comúnmente un pastor no podía permitirse. Nos devolvieron con creces nuestra inicial hospitalidad y pasamos una agradable velada reunidos cerca del jardín tropical que hacía tan exótica la vivienda. La amistad con los Watermann se fortaleció en poco tiempo. Sin embargo, su afinidad con Irene y conmigo llegó a ser mayor que con Alejandro y Sofía —a pesar de pertenecer a la misma generación—. El hecho es que ambas parejas atravesábamos un periodo muy similar: buscábamos entender la voluntad de Dios para proseguir con nuestra vida ministerial. Sin saberlo al inicio, Dios nos había reunido bajo la misma vocación. Los cuatro comenzamos a pasar mucho tiempo juntos, hasta que resultó cómodo abrir el corazón y contar más de nuestras vidas y planes.

Sus vidas habían sido tan bendecidas como sufridas. La historia de Paul era la de un joven proveniente de un hogar disfuncional, el cual no solo carecía de figura paterna, sino en el que los otros adultos a duras penas permitían sobrevivir a los menores. Paul vivía con un hermano mayor (el cual murió en la adolescencia por una neumonía mal cuidada) y varios primos. Tan pronto como empezó a valerse mejor por sí mismo, entendió que era preferible continuar por su cuenta que permanecer en casa y se lanzó a vivir en las calles. Vivió en ambientes donde la delincuencia juvenil lo era todo y satisfacer vicios, el objetivo mismo de la existencia. En esa condición le fue presentado el evangelio al cual se aferró sin mucha resistencia. Según nos contó, en la iglesia experimentó el amor de una familia por vez primera. Al ser un joven audaz, logró revertir con relativa facilidad los años perdidos sin educación. Una vez más consiguió ser un hombre independiente, esta vez para el bien propio y el de sus conocidos. Comprendió su llamado pastoral mientras intentaba reconciliarse y ayudar a su familia (a quienes pasó años sin ver) y a algunos miembros de las bandas callejeras a las cuales perteneció para subsistir. Así llegó a su vida, con veinticinco años, el seminario y el establecimiento de una misión cristiana destinada a ministrar entre los grupos más bajos de esa sociedad. Su éxito no se hizo esperar. La misión pronto devino en una congregación de cientos de jóvenes que no solo se encauzaban en la auténtica fe, sino también hacia una vida social digna. Por esta gesta recibió, en repetidas ocasiones, el reconocimiento de instituciones humanitarias locales. A los veintiocho, y en pleno auge ministerial, conoció y se casó con Jo (de su misma edad), quien hizo su vida mejor en todos los sentidos. No fue hasta los treinta y cinco que problemas más desafiantes, y ante los cuales a la postre se hallaron impotentes, comenzaron a surgir.

Para esa fecha habían dejado no una, sino tres iglesias establecidas y saludables en la ciudad que los vio nacer. Intentaron dedicarse más a la construcción de una familia, por lo cual se mudaron y empezaron a pastorear en una comunidad más tranquila y que demandaba menos de su tiempo. Notaron que el ansiado embarazo no llegaba y el dictamen médico indicó que tal sueño era imposible a causa de él. Insertos como estaban en un ambiente de profundas raíces carismáticas, la noticia no hizo la menor mella en sus esperanzas. Les resultaba obvio que el Dios todopoderoso, que los había usado para rescatar cientos de vidas y para efectuar hermosas señales de amor y poder divino, no los desampararía ahora. Así que el primer año de permanente esterilidad transcurrió con la convicción de que esta era solo una circunstancia más para que Dios se glorificara. Pero tal «prueba» no solo comenzó a prolongarse demasiado, sino también a interferir con su ministerio, en primer lugar, y después con la estabilidad de su hogar hasta arrojarlos a un periodo de ocaso espiritual. A la imposibilidad de lograr el ansiado sueño de tener un bebé se le adicionaba la creciente crítica, aunque dada en forma de consejos o comentarios piadosos, de que la ausencia de la criatura se debía a una fuga en sus vidas de fe y obediencia que tenían que resolver. Algunos venían más cargados de Biblia y los comparaban con Abraham, quien al parecer retrasó la promesa de descendencia que Dios le dio por no confiar lo suficiente y usar sus propios medios al acostarse con Agar. (La comparación indicaba una crítica severa a la justa búsqueda del matrimonio de soluciones en la medicina reproductiva). También fueron comparados con el pueblo de Israel que vagó casi cuarenta años por el desierto como castigo por su incredulidad. Tampoco faltaron los evangelistas que en público y a toda voz, en lenguaje humano o «angélico», declararan que la concepción ocurriría en tal o más cual mes porque así Dios quería. Todo esto fue desgastándolos hasta que decidieron que tal asunto era personal y se opusieron con vehemencia a toda injerencia, proviniera de laicos o de ministros, de gente que a su forma citaba la Biblia o que decía hablar investido con la autoridad de Dios. Por supuesto, se ganaron, por vez primera, la antipatía de muchos miembros de la congregación, sobre todo de los más sumergidos en el positivismo carismático radical.

En el hogar las emociones estaban a flor de piel. Se sentían atacados por aquellos a quienes servían y querían e incomprendidos por Dios. Hasta ese momento su relación había sido estable. En años no habían sufrido ningún revés. Por tanto, sucumbieron por la inexperiencia de enfrentar adversidades. No supieron cómo manejar las extrañas dificultades sin agredirse en el plano emocional. Ambos se obsesionaron con el hecho de que Dios tenía que responder (ahora no solo por el anhelado bebé, sino también como un acto reivindicatorio de la imagen pública) y se aislaron uno del otro a la vez que se buscaban más sexualmente, pero con fines que no provenían del amor. Les llevó años aceptar el hecho de que el esperado milagro nunca ocurriría. Y cuando pudieron conciliar su fe con una teología que no niega el sufrimiento ni excluye «causas perdidas» (a la vez que expone a un Dios que interviene, en su soberanía, con señales y prodigios), aún tenían que restaurar su matrimonio. «Nuestro amor renació», me dijo Paul. «Aprendimos a encontrar satisfacción, uno en la presencia del otro, como nunca antes». Si en otros momentos eran compañeros de ministerio, cuyo mayor contentamiento radicaba en el apoyo mutuo que se brindaban para bien del proyecto que compartían, ahora su alegría más gratificante era tan simple como disfrutar juntos una taza de té en la cama, recostado uno sobre el otro. Si por un tiempo sintieron que se habían fallado (él en especial) al no poder concebir, ahora se sentían en paz porque el amor que los unía se gestaba cada día con mayor y más inquebrantable plenitud. Comenzaron a pasar más tiempo juntos e incluso compartían más en oración y en estudio de las Escrituras que antes, cuando vivían en constante agitación por haber hecho del ministerio el eje de sus vidas personales. La reivindicación llegó cuando su congregación descubrió a pastores fortalecidos y con un mensaje bíblico que no necesitaba exageraciones humanas para ser fervoroso. (Aun así, hubo quienes decidieron migrar a iglesias donde «en verdad habitaba el poder de Dios»). Según sus propias palabras, habían vencido una gran prueba y aprendido una hermosa lección: «el amor al Dios que bendice con la dicha y afirma con el dolor que no genera, pero que tampoco evita».

Como si de un ciclo se tratara, su ministerio volvió al éxito y a la notoriedad. Tanto Paul como Jo empezaron a desenvolverse en responsabilidades cada vez mayores hasta ser líderes decisivos para el funcionamiento de su concilio. Así llegaron los cuarenta y cinco años y un nuevo desafío se impuso: Jo, después de algunos meses de postergación, al fin decidió estudiar la causa de su creciente torpeza y debilidad y fue diagnosticada con ELA. El pronóstico médico fue dramático y concreto: dos años o menos para que la enfermedad se volviera mortal y con gastos cada vez más cuantiosos para alargar la vida o asegurar un mínimo de calidad. Una vez más el matrimonio quedó devastado, pero decidieron no repetir viejos errores. En vez de afanarse como locos a la sanidad divina, buscaron con gran intensidad la dirección de Dios en este asunto y, aunque la respuesta tardó, entendieron que la enfermedad seguiría su curso. Ser fiel hasta el final era el reto. En la medida en que un bastón primero y un andador después se volvían insuficientes para Jo, los esposos fueron comprendiendo que tenían que delegar responsabilidades. Así hicieron hasta solo quedar al frente de una pequeña congregación, la última que pastorearían juntos. A pesar de ser respetados y amados sin dobleces en ese lugar, concluyeron, tras pocos meses de trabajo, que ahí tampoco estaba el llamado de Dios para esta nueva etapa. Dejaron la congregación y se retiraron del servicio activo en su concilio para encaminarse a un tiempo de retiro que favoreciera su búsqueda de la voluntad y la fortaleza de Dios. Fue así que Paul y Jo Watermann llegaron a Puerto Grande y a nuestras vidas.

¿Pero qué les deparaba ahora la Providencia? ¿Debía Jo solo resignarse a terminar sus días encerrada en su propio cuerpo o un último llamado divino se presentaría justo en la etapa final y menos autosuficiente de su existencia? Al poco tiempo de cerrar su último periodo como pastores, y antes de venir a Puerto Grande, Paul recibió una notificación procedente de la notaría en la que se requería su inmediata presentación. Allí fue informado de su inclusión en el testamento de un señor rico, nada más y nada menos que su padre. Por primera vez recibía noticias del hombre que lo trajo a la vida. Solo había oído hablar del encuentro fortuito en una posada en la que su madre quedó embarazada de un desconocido que, enterado de las consecuencias de aquella aventura, decidió no asumir su responsabilidad y desaparecer sin más. Se enteró de que su padre había sido un empresario exitoso de la industria del entretenimiento que, en sus últimos tiempos de vida, decidió reparar errores entre los que se encontraba resarcir a su hijo bastardo por ni siquiera haberle dado el apellido. Al parecer, Paul estuvo siendo investigado en secreto hasta que se reunieron las pruebas suficientes que lo acreditaban como el hijo abandonado. Después de algunos trámites burocráticos, Paul contaba con cincuenta millones de dólares en su cuenta bancaria —que ni en sus mejores momentos había poseído más de cuatro ceros—. Sus intentos por acercarse a su recién descubierta familia fueron denegados con rudeza. Así concluyó uno de los meses más complejos de su vida. Ni dejar el ministerio que por más de veinte años había desarrollado, ni conocer de su padre y familia paterna, ni recibir una herencia millonaria estuvo en sus pronósticos. Un tema nuevo de meditación y oración se añadía como contenido fundamental para su retiro espiritual: «¿Qué hacer con tanto dinero? ¿Cómo encaja esto en los planes de Dios para Jo y para mí?».

Una vez que estuvieron nuestras historias sobre la mesa, nos fue claro ver el propósito de Dios al reunirnos. Era evidente que los cuatro habíamos sido moldeados para tratar con las necesidades espirituales de otros, pero no como lo haría un pastor. Un pastor o líder está insertado en una estructura conciliar, desde allí enseña la Palabra y guía a las ovejas, tanto a las que recién han iniciado el camino como a las que han andado un largo trecho. Su función es alimentar y cuidar la fe de otros a la vez que responden a las demandas de su organización. Pero...

¿quién cuida la fe de ellos? Y cuando fallan, ¿quién los ayuda en su restauración? ¿Cómo pueden ser escuchados y auxiliados de sus propios problemas antes que, por resultar insoportables, contaminen la fe de aquellos que juraron proteger? No solo nos preocupaban los líderes que tenían a cargo el cuidado de la grey. De manera más general, nos interesaban aquellas personas que, después de haber caminado con pasión y servido en el ministerio, desistían de una u otra forma de su entrega a Cristo, precisamente tras haber sido golpeados durante su periodo ministerial. En otras palabras, ¿cómo hacernos cargo de los heridos en combate que, aunque portadores de su propia culpa, quedaban aplastados bajo una carga piadosa pero difícil de llevar? ¿Han de ser expulsados como contaminantes cuyos nombres más vale la pena olvidar o solo recordar para advertir a los incautos del fin que espera a los que se descarrían? Nuestras propias experiencias hubieran sido más llevaderas de haber podido contar con el cuidado de otros, cuyos oficios no implicaran punición alguna, sino solo la oportunidad de ser escuchados. En medio de estos debates, que estuvieron ocupando la mayoría de nuestras noches por casi un mes, surgió la idea del santuario.

Fue Jo quien se comparó con Asaf mientras relataba un momento de su vida ministerial en el que la sobrecogió la indignación tras comparar su suerte con la de otros que con determinación mantenían su rechazo al evangelio. Cuando ella casi terminaba de describir su crisis, Irene añadió (como quien es iluminado y no tiene tiempo para procesar palabras): «¡Es el santuario!».

—¿El santuario? —le pregunté con el típico ademán que solicita explicación. Todos conocíamos de memoria el Salmo 73, pero estábamos tan enfocados en la situación particular de Jo que ignoramos por completo esta porción a la que ella hizo referencia para dar inicio a su narración.

—Sí, un santuario —dijo riendo—. Debemos construir el santuario del Salmo 73 para asistir a los Asaf del siglo XXI.

—Continúa, Irene —le dijo Jo que, al igual que Paul y yo, había captado la idea, pero deseaba que Irene terminara de exponerla.

—Qué tal si pudiéramos crear una organización cristiana que funcionara como un lugar de retiro para personas cuya fe esté siendo abatida. Sería como ofrecerles una oportunidad para respirar y reflexionar cuando piensen que están solos y la única opción que les queda es desertar, y acarrear vergüenza, o permanecer en la insalubridad de ocupar una posición que no están aptos para llevar. Y no solo tendría que funcionar en situaciones extremas, también pudiera ser una parada temporal para recobrar el aliento y resolver asuntos que de otra forma posiblemente empeorarían.

—¿Te refieres a una especie de sanatorio? —le pregunté pensativo.

—Exacto, aunque sería mucho más que un lugar físico. Es decir, creo que pudiéramos construir comunidades donde las personas se renten como si de un sitio para vacacionar se tratara, pero en el que además puedan ser atendidas según necesiten y deseen. Además, tal atención sería brindada desde otros frentes como el correo postal, el correo electrónico y la vía telefónica.

—¿Y en qué consistiría la atención a la que te refieres? —preguntó Paul, que hasta entonces había estado callado.

—Bien, estoy pensando en una atención integral. El santuario como entidad física sería en sí mismo un sitio de curación. Las personas acudirían a un lugar apacible en el que podrían dedicarse a la oración y reflexión, sin las cargas de su vida rutinaria y de su ministerio. Habría un gran templo abierto las veinticuatro horas y con horarios de culto cada día. Además del templo, todo el lugar estaría diseñado para favorecer espacios propicios para orar a solas. A su vez, se ofrecerían servicios de consejería por parte de pastores retirados cuya experiencia sea fuente de ayuda a los que ejercen su oficio u otro tipo de actividad ministerial. También las personas serían asistidas por psicólogos cristianos con capacitación adicional para atender a las parejas y a la familia en general. Asimismo, se propiciarían encuentros de grupo, reuniones dinámicas moderadas por un facilitador para que las personas puedan conversar sobre problemas afines y proponer soluciones. Además, existirían servicios de recreación como piscina, gimnasio, etc. Todo a la libre disposición de quienes decidan participar. Por otra parte, quienes no puedan ir podrán recibir los mismos servicios de consejería con la ayuda de los medios de comunicación. Lo importante es que, de una forma u otra, el santuario sea un ministerio de restauración, una oportunidad para que el hombre y la mujer disfruten de nuevo «las delicias de estar a la diestra de Dios».

Mientras Irene dictaba estas palabras, Jo, Paul y yo las escuchábamos tan embelesados como si detuviéramos el tiempo para pensar nuestras propias ideas.

Todos estábamos conectados, unidos por el santuario, que ya en nuestras mentes comenzaba a existir.

X

El santuario

«Cuando el hombre y el Dios del santuario se encuentran y la carne se amalgama a lo divino, descubre el ser carente la Plenitud Sublime que lo emancipa. Entonces, ama a quien le sopló la vida».

*L*a idea del santuario empezó a concretarse tan rápido como surgió. Al no ser el dinero un problema (los Watermann donaron la mayor parte de su fortuna), encontramos con relativa facilidad una instalación con treinta casas de renta rodeadas de un hermoso ambiente natural. El terreno, de unas cuarenta y ocho hectáreas, era suficientemente grande como para satisfacer nuestro primer proyecto y a la vez dejar espacio para futuras inversiones. Nuestras mayores preocupaciones, sin embargo, radicaban en la búsqueda del personal adecuado. Necesitábamos personas acreditadas por su profesión, pero a la vez con un genuino llamado de Dios para servir a otros; gente de fe que hiciera suya la visión y estuviera dispuesta a trabajar en equipo para construirla. En seis meses de incesantes entrevistas y gestiones, dejamos de ser cuatro para convertirnos en un grupo de veinte obreros capaces y unidos bajo la esperanza de fundar un ministerio de restauración espiritual.

Unos meses más bastaron para crear los diferentes programas de atención y conocernos hasta afianzar una relación profesional, en la que cada quien estuviera familiarizado con el área del otro. No todos contaban con la misma experiencia para asumir el trabajo, por lo que se empleó suficiente tiempo al intercambio entre los miembros que se dedicarían a tareas afines. Paul y Jo se movían como peces en el agua en lo que a consejería pastoral concernía. No solo por sus veinte años de oficio, sino también por haber guiado a lo largo de ellos a no pocos pastores y lidiado con las más diversas situaciones. Sus personalidades eran también idóneas para tratar con las miserias de otros. Curtidos como estaban por sus duras experiencias, podían enfrentar casi cualquier problema ajeno imaginable con el mismo amor y sabiduría divina que habían cultivado por años al afrontar los suyos. Irene, que ya había terminado sus primeros estudios universitarios y se había iniciado tiempo atrás en el área de la psicología, se desenvolvía como toda una experta entre los demás psicólogos del equipo. Yo era el único que para entonces no cabía en ningún departamento, por lo que mis funciones eran más bien administrativas. El tiempo libre que me quedaba lo dedicaba a aprender de los demás. Justo antes de inaugurar, se decidió que también me encargaría de los servicios del templo, los organizaría y también participaría como uno de los expositores principales de la Palabra. Unido al trato profesional, surgió una firme amistad entre todos, catalizada por tener expectativas y metas comunes y por la madurez espiritual de cada miembro.

Nos resultó increíble que El Santuario (así nombramos nuestro proyecto) quedara listo para ser inaugurado en menos de un año, desde que la visión surgió en las pláticas de un grupo de cuatro amigos sedientos de servir a Dios. Ya estábamos en posición para promoverlo y abrir las puertas de un lugar carente de lujos, pero muy acogedor y asequible. Sin embargo, no sabíamos cuánto tiempo teníamos que esperar para recibir las primeras solicitudes. ¿Llegaría a ser El Santuario ese ministerio de restauración con el que muchos se identificarían y al que acudirían en busca de una renovación espiritual? No lo supimos hasta que vimos llena la instalación después del primer mes de promoción.

Muchas personas venían poniendo en duda lo conveniente de su propia elección, aunque a la vez atraídos por la propaganda que difundimos, que afirmaba que este ministerio era la mejor oportunidad para hacer un alto y reflexionar antes de tomar decisiones drásticas en la vida. Ganarnos su confianza y abrirles, más que una institución, nuestros corazones fue un reto que nos plació asumir. Todos los hombres, mujeres o familias que se acercaban se convertían en un tema de oración para cada especialista que trataba con ellos. En ese sentido, El Santuario nos llevó a todos a una profunda experiencia de oración intercesora. Teníamos la costumbre de mantener correspondencia, por un tiempo, con cada visitante que se despedía y así nos permitía hacer. No solo buscábamos ayudar un poco más, sino también conocer la evolución de sus situaciones. Como muchos creaban lazos fraternales con nuestro personal, la comunicación, casi siempre, continuaba espontáneamente. De esta forma fuimos testigos del impacto positivo de El Santuario en sus vidas. Incluso, algunos hasta hacían donaciones voluntarias y nos autorizaban a divulgar sus historias para promocionar la organización y ayudar a otros.

Una buena parte de los que buscaban ayuda en nuestro ministerio solo usaban los servicios de comunicación a distancia, ya fuera por no poder ausentarse de sus actividades o por preferir la asistencia remota. Así, por una u otra razón, esta variante ganó tanta aceptación que llegó un momento en el que fue preciso contratar más personal para responder a las crecientes demandas. Estas personas, algunas de las cuales se mantenían en contacto durante semanas o meses, también testificaban de las bendiciones recibidas en El Santuario.

Después de los primeros seis meses de operación, éramos una organización más conocida de lo que hubiéramos imaginado y podíamos contar más de mil personas asistidas de una u otra forma. Cada vez se hacía más frecuente tener que rechazar solicitudes de hospedaje por falta de capacidad. Por tal razón, empezamos a pedir, como parte del formulario de aplicación, una breve descripción (voluntaria) a nombre del interesado en la que explicara por qué su solicitud debía ser priorizada. Eso nos permitía aceptar a aquellas personas más decididas y necesitadas y posponer (o recomendar por un tiempo la vía a distancia) aquellas solicitudes que parecían menos urgentes. Sin embargo, todo indicaba la necesidad de ampliar la capacidad de alojamiento y, con el tiempo, quizás hasta de establecer nuevos lugares. Las donaciones voluntarias también aumentaban y la necesidad de estimularlas, como parte de la actividad promocional, se hizo determinante para el mantenimiento del proyecto.

Cuando hacíamos reuniones del equipo de trabajo o planificábamos encuentros de oración, era imposible no terminar comentando aquellas historias más conmovedoras y estimulantes. Y el hecho es que, aunque todos recibíamos un salario justo por nuestra labor, la verdadera fuerza motora provenía de lo alto. Éramos bendecidos cada vez que Dios nos guiaba a cuidar de otros. Por otra parte, no todas las historias de los que pasaban por El Santuario terminaban como hubiéramos querido. Así que también había, como en todo buen proyecto, razones para sufrir por un trabajo que no logró los resultados deseados.

A mediados del segundo año de haber iniciado, y como parte de la reflexión generada por las experiencias acumuladas, una cuestión ocupó mi mente: «¿Qué era El Santuario?». Lo concebimos desde el inicio como un ministerio de restauración espiritual, como una parada para recobrar fuerzas, pero eso ya no me satisfacía. Lo anterior solo indicaba los posibles resultados de «entrar», pero no arrojaba luz sobre qué era en verdad. Me preguntaba si todos los que participaban de nuestro Santuario entraban al «santuario de Dios». La respuesta negativa que exigía la última pregunta me confirmó que, incluso tras haber transcurrido más de dos años de intenso trabajo, seguíamos sin comprender la esencia de nuestro ministerio. Compartí mis inquietudes con Irene y después con Paul y Jo (quien, a pesar de su creciente dificultad para hablar, aún trabajaba sin cesar). Al igual que en otras ocasiones, construimos entre los cuatro una mejor idea.

Entendimos que el santuario no es un sitio al que se va, sino un punto en el espacio-tiempo al que se retorna. No es un templo físico, es el lugar de rencuentro entre Dios y el hombre que se dispone a buscarlo. Asaf tuvo que entrar al santuario para vencer su amargura y necedad y aprender a desear a Dios más que cualquier cosa de la tierra. Más que su deseo de justicia, su salud o alegría, el Asaf que salió del santuario amó la presencia de su Dios, en quien se refugiaba, fortalecía y cuyas maravillas procuraba anunciar. David tomó conciencia de su grave situación en el santuario, donde clamó por perdón y buscó la restauración de su dignidad para poder permanecer en la presencia de Dios y testificar de Él.

Por otra parte, también comprendimos que la descripción del santuario como un lugar es solo una metáfora usada para referirse al ser humano en su relación con Dios; una asociación necesaria para poder hablar de lo trascendente y espiritual con nuestro limitado lenguaje. Así, cuando se dice que Asaf «entró» o «salió» o que David recapacitó «en» el santuario, solo se está indicando el encuentro con Dios que restauró y afirmó las vidas de estas personas. Aparte de que un hombre o una mujer acudan a un templo material, son sus propios seres el punto de confluencia. El santuario, si ha de ubicársele en algún lugar, se localiza en el corazón humano que se rinde ante Dios y clama desde el malestar de su condición. El corazón se vuelve un santuario cuando Dios lo visita en el preciso momento del quebrantamiento humano. Por tanto, el santuario es el hombre apto para recibir a Dios.

El ser regenerado es en sí mismo un «templo del Espíritu Santo», a la vez integrado al gran templo que es la iglesia redimida —anticipo de la nueva creación y expresión visible del reino invisible de Dios en la tierra—. Pero cada vez que este hombre o mujer es vencido por el mal, daña la morada de Dios en él y solo por medio del arrepentimiento Dios redifica un santuario de comunión. Por eso el santuario es un punto al que se retorna constantemente: se retorna al origen en el que el hombre perdido y su Salvador sellaban e iniciaban una relación de paz y amor. En un sentido aún más pleno: el ser redimido inicia una travesía de toda la vida para regresar al origen edénico en el que se fundó su relación con su Hacedor. Entonces, el santuario es el ser que retorna a sus orígenes más gloriosos cuando el Creador lo concibió del polvo a su propia imagen y semejanza, lo cual hará por última vez en la resurrección del final de los tiempos. Quien retorna al origen, edifica a cada paso de regreso el santuario terrenal que devendrá, por gracia y resurrección, en el celestial. Quien destruye el santuario temporal, se condena a sí mismo a una eternidad sin Dios.

En este santuario no hay cabida para un dios falso sin importar por cuánto tiempo satisfaga las expectativas de su usuario. El dios explotado por medio de la cultura o amado por preservar la dicha terrena de sus escogidos, no cabe en el infinito espacio que solo puede llenar el Dios verdadero. Solo el hombre despojado de una fe utilitarista puede encontrar al Dios del santuario y reconstituirse en un santuario para Dios.

El santuario es también una fortaleza en la que todo creyente se refugia en tiempos de adversidad. La halló el salmista cuando dijo: «Dios, ten misericordia de mí, porque en ti he confiado, y bajo tu sombra me ampararé hasta que pasen los quebrantos». Esa fe que decide «esconderse en la sombra de Dios» es la reacción de quienes pugnan por doblegar sus crisis armándose del valor divino. Estos sufren, pero no se entregan al sufrimiento; rabian ante lo injusto, pero no enloquecen. Saben que esta vida es un maratón y que la fatiga arrecia, pero han descubierto el Agua y el Pan de vida que sacian y no se dejarán vencer.

El santuario es más de lo que se puede poner en palabras humanas. Es inescrutable, es divino. Quienes lo conocen lo han vivido. Han conocido al Dios del terremoto, del incendio y del suave susurro: el Dios que se revela por medio del ruido y del silencio. Que está cercano a los que lo invocan de veras, aunque estos a veces no lo capten. Cada ser humano es un santuario desde que el Espíritu lo habita y a la vez cada ser humano edifica un santuario cuando decide habitar en Dios. No importa qué lo sofoque, su maldad o la de otros, sus lauros o sus pérdidas; cuando el hombre y el Dios del santuario se encuentran y la carne se amalgama a lo divino, descubre el ser carente la Plenitud Sublime que lo emancipa. Entonces, ama a quien le sopló la vida y se halla en Él saciado de bien; entonces lo glorifica como a Dios, lo honra como a Padre y lo cuida como a Amigo. La criatura humana, hecha para el Creador, no se realiza cuando se corona de la gloria terrenal, sino cuando reconoce su condición celestial. El hombre rebelde se resiste y coloca sobre sí las riendas de su ego; él mismo se conduce a la aniquilación de la esperanza y a la vergüenza eterna de los insensatos. El hombre que se rinde a Dios es creador y sustancia del santuario; criatura que, una vez dotada del buen gusto divino, dispone la mesa donde cenará con su Señor.

Cuando logramos definir qué era el santuario, entendimos cómo dirigir mejor nuestra organización: El Santuario. Nuestro Santuario debía ser un elemento material que ayudara a cada persona a reconstituir el santuario espiritual. Si antes insistíamos en el reacercamiento de cada persona a Dios, ahora esa era la meta principal. No se lograba el verdadero objetivo si se ayudaba a restaurar un matrimonio, pero no el altar de comunión de cada cónyuge con Dios. En ese caso no hubo tal restauración. No tuvimos que hacer grandes cambios en nuestros programas, sino más bien renfocar nuestros esfuerzos. No debíamos actuar como profesionales de la moral cristiana (aunque ese nunca fue el objetivo), sino como profetas que vocearan con sabiduría el mensaje divino de reconciliación. Así, cada consejería o encuentro grupal buscaba, ante todo, ayudar en la restauración espiritual para después trabajar en las otras áreas afectadas. Incluso, cambiamos el nombre de la organización y modificamos lo suficiente el mensaje promocional como para que esta idea fuera mejor comprendida. «El Santuario. Retorno del ser a sus orígenes» era nuestro nuevo nombre y principal consigna. Con ella anunciábamos la concepción del hombre que fundamentaba nuestro trabajo: el hombre como ser caído cuya realización consistía en retornar al origen donde la criatura humana vivía en plena armonía con Dios. Nuestro Santuario era un refrigerio que dotaba a este viajero del tiempo, cansado y polvoroso, de frescura para continuar su intensa jornada de regreso a casa. Quizás en los primeros momentos de lo que simplemente era El Santuario, hubo quienes solo se acercaron a un campamento religioso que proporcionaba lecciones de autoayuda; ahora, quien así pensara estaba injustificado por completo.

No solo para los que asistían a nuestra organización el nuevo énfasis resultó significativo, también para todo el personal. Llegamos a ser más sensibles a nuestra necesidad de «retornar a Dios» y aprendimos a elevar en oración hasta el más mínimo detalle que acuciara nuestras vidas. Pero en ese periodo fue Paul, como ningún otro, quien más se sirvió de lo que nosotros mismos enseñábamos. Jo, tras perder la capacidad de articular palabras, fue necesitando cada vez mayor asistencia para respirar. Todos fuimos testigos de cómo nuestra dulce y siempre vivaz amiga iba cediendo ante una enfermedad que la paralizaba e incapacitaba para la vida. Aunque era angustioso observarla, ella buscaba la forma de transmitir paz. Jo terminó sus días como un soldado que reconoce el tajo mortal que terminará desangrándolo, pero se siente orgulloso de la batalla que dio. Murió tras haber fundado y dirigido por más de tres años El Santuario y haber ganado, una vez más, el respeto y la admiración de quienes trabajaron a su lado.

Paul, al inicio, no pareció más afectado de lo comprensible. Pero después de unos meses, comenzó a dar muestras de una angustia que lo vencía. Su mayor aguijón fue la soledad. Entendió que debía abrirse a sus amigos y colegas como si fuera un visitante más de su propia organización. No podía evitar sentir un desamparo similar al que lo abrumó los primeros meses tras abandonar el hogar materno para lanzarse a las calles. Lloré junto a él cada vez que lo necesitó. Su llanto era tan fuerte que a veces le dolía el estómago y le producía náuseas. Se aferraba a mí como si el suelo debajo de sus pies hubiera desaparecido de repente. Con todo, su fe se mostraba intacta. El viejo pastor había aprendido a sufrir, sin ver en ello contradicción alguna al amor del único Padre que conoció. Sabía que todo estaría bien y que el dolor no tardaría demasiado en ceder. Por otra parte, cuando hablaba de Jo reía con placer, se sabía privilegiado por los largos años en que mutuamente se tributaron un amor fiel y profundo y el coraje para resistir cualquier desafío. Había perdido a su «compañera de camino», como solía llamar a Jo, pero no el camino que habían iniciado y transitado juntos.

Como mismo lo vi sufrir lo vi recuperarse y recobrar la intrepidez que su rostro transmitía. Poco a poco todos recibimos de vuelta al Paul alegre y entusiasta, tan enérgico y demandante en las cuestiones del trabajo que a veces resultaba fatigoso a los de ánimo más sereno. Sin embargo, nuevas determinaciones surgían como prioridad para mi amigo. Había decidido acercarse una vez más a sus tres hermanos paternos, dado que habían transcurrido cerca de cinco años de todo el asunto de la herencia, por lo que lograría, según él, ganarse la amistad de al menos uno de ellos. Desde que descubrió la existencia de esa familia se había trazado la meta de ganarla para Dios (como ya había logrado con parte de la familia materna), y el momento actual parecía no poder ser más oportuno. Fue así que lo vimos distanciarse (aunque nunca abandonar) de todo el proyecto que nos había unido por cinco intensos años. Se mudó a la ciudad donde residían sus dos hermanas mientras establecía contacto con el hermano que vivía fuera del país.

La salida de los Watermann nos dejó a Irene y a mí al frente de toda la organización. El Santuario crecía con tal celeridad que, tres años después de la partida de Paul, ya había cuatro comunidades y se estaban ultimando detalles para inaugurar la primera en el extranjero. Ya hablar de El Santuario era tema común dentro de la comunidad evangélica, mientras que otros concilios se sumaban a nuestro proyecto o hacían planes para fundar su propia organización basada en nuestras experiencias.

Para entonces un nuevo desafío se acercaba con ímpetu. Irene y yo íbamos a ser padres de una niñita. La fuerza y estabilidad que había alcanzado nuestro ministerio nos permitió alejarnos por un tiempo y solo atender algunas cuestiones administrativas desde casa. Tuvimos una bebé hermosa a la que decidimos llamar Josephine, entre otras razones, para usar el diminutivo afectivo de Jo en honor a la memoria de nuestra valiosa amiga. Pasaron más de diez años, llenos de gran bendición, en los que Irene y yo estuvimos al frente de El Santuario, cuya presencia ya se hacía patente en diez países. En realidad, solo coordinábamos la red de Santuarios de nuestro país, aunque honorariamente, junto a Paul, éramos parte de la directiva de las instituciones radicadas en el extranjero. En esos diez años también nuestra Jo creció en un hogar lleno de amor y de la presencia divina: un verdadero santuario. Ahora tengo la meta de cuidar su joven corazón que recién ha probado su vigor ante el fragor de la batalla. Que el Dios que me sostuvo a mí también lo hará con ella es mi paz y mi descanso.

XI

El secreto de los Harson

«Cuando el infierno se dispuso a usar el malestar de sus vidas para destruir mi fe, el Cielo la afirmó más. Por eso, padres, nada les reclamo».
Irene Harson

*U*na última historia queda por contar. A diferencia de las demás, esta no me pertenece. La asumí como mía y la escribo por tratarse de personas que quiero y que han sido de gran ayuda para mí. Es una parte de la historia de Irene que nunca conocí, una porción que ex profeso me ocultó. Yo respeté su decisión y nunca me preocupé por indagar. Lo poco que me fue dicho me llevaba a un cuadro deprimente muy ajeno a la realidad que percibía, razón por la que menos me interesó ese «único secreto», como la propia Irene dijo, que me guardaron sus labios. Conocer tales sucesos me transportó a la conversación que sostuve con Irene (sobre la relación de Alex y Emily) el día que de improviso le confesé la restauración de mi fe. Son dos historias muy diferentes y, sin embargo, están cimentadas sobre una base común: un rito divino que se consuma sin Dios y sin amor.

Los mismos protagonistas de las escenas que narraré me pidieron divulgar el contenido que mi Irene con tanto celo guardó. Ellos entendieron que romper el secreto por años guardado era la única forma de ser libres ante Dios y los hombres, honrar la memoria de su hija (de quien creen que este libro es un hermoso tributo) y ser santuarios donde la presencia de Dios habite sin obstáculos. (Ambos, aunque nunca se sumaron a las labores de El Santuario, siempre siguieron de cerca los pormenores de nuestro ministerio y asumieron con respeto y admiración nuestras concepciones). Por amor a ellos y a mi esposa, escribiré al respecto.

Alejandro era un joven pastor que desde sus veintiún años estuvo involucrado en un ministerio cuyo éxito era cada vez mayor. Su carácter impasible y juicio certero le ganó un gran respeto cuya juventud no pudo estorbar. A la vez era un hombre afectuoso y siempre pendiente de las necesidades de su rebaño. Con todo, un asunto representaba con frecuencia un verdadero tormento: era soltero y llevaba ya más de dos años pastoreando en esos términos. Con una congregación que en breve llegaría a los cien feligreces, tal estado era desaconsejable. Al menos así creían quienes supervisaban su labor y algunos miembros que no estarían cómodos hasta tener a un pastor «completo». Aunque para él la soltería era todavía muy ventajosa y no representaba ningún problema, las constantes advertencias sobre el diablo que sacaría ventaja y hundiría en ardiente pasión su juvenil cuerpo, junto con la declarada imposibilidad de realizar un buen trabajo en esa condición, lo predispusieron a buscar a una digna pastora. Así conoció a Sofía, una joven encantadora dos años menor que él.

La muchacha irradiaba la más pura alegría por doquier. El enérgico entusiasmo de una adolescente, unido a toda la madurez que pudiera esperarse de una veinteañera occidental de clase media y comprometida con su fe, denunciaban un carácter tan agradable como equilibrado. Su oratoria persuasiva y jovial le había hecho ganar renombre en su congregación y, como todavía ocurre, tales habilidades la postulaban en la mente de muchos como una joven nacida, sin discusión, para pastorear. Tampoco ella pensaba en el matrimonio aún, aunque sus allegados le recomendaban dar ese paso con más frecuencia de la que ella podía soportar y a la vez no cesaban de señalarle a los más prominentes misioneros o pastores solteros.

Se conocieron en un retiro espiritual para jóvenes. Alejandro llevaba el sermón el mismo día que ella participaría en el servicio con una canción. Tal coincidencia los colocó lado a lado en varias ocasiones y también a ambos bandos de conocidos. Sus ejecuciones fueron magníficas y no escaparon del ojo crítico de quienes, en pleno ejercicio de la «piedad cristiana», buscaban pareja para sus «solitarios» amigos. Fueron empujados, sin contemplación, para que se fijara uno en el otro cada día de la semana que duró aquel evento.

Compartieron sus números telefónicos y, una vez concluido el retiro, las primeras llamadas no se hicieron esperar. Tenían la mejor referencia uno del otro. Así, tras hablar, les fue fácil alentar la admiración que surgía. Él creía que una muchacha risueña sería un buen complemento para su ministerio. Ella pensó que el compromiso con un joven tan maduro y entregado a lo mejor del servicio cristiano era el paso lógico que Dios le pedía dar para servirle mejor. Llegó la mañana del domingo en el que Alejandro cruzó por primera vez los treinta km que lo separaban de Sofía para visitar su iglesia y conocer a sus padres, con quienes ya había compartido por teléfono. Durante el culto, el joven pastor fue cálidamente saludado, como es costumbre cuando un ministro visita a otra congregación, y presentado como amigo de la familia de Sofía. Tras un almuerzo formal con sus padres, Alejandro se marchó, pero no sin pedir a la familia que visitara el próximo domingo su iglesia, lo cual fue aceptado sin objeción. El domingo siguiente llegó y fue entonces Alejandro quien saludó con singular afectividad a la distinguida familia que lo acompañaba en el servicio matutino. Bastaron esos dos encuentros, en los que apenas los núbiles pudieron hablar, para que no pocas personas respetables confirmaran la idoneidad de su unión y apoyaran las expectativas de Alejandro y Sofía, aun antes de que estos las intercambiaran entre sí. Tras las visitas y nuevas llamadas, el respetado pastor decidió hablar con los padres de la doncella (al tiempo que ponía al corriente a su líder inmediato) sobre su profundo interés en conocer más a su hija y establecer una relación formal. Así comenzó un breve periodo de visitas semanales, seguido por un tiempo de oración, un corto noviazgo y una hermosa ceremonia de bodas; todo según las más estrictas normas y costumbres piadosas que se pudieran practicar. A los seis meses de haber sido presentados, estos jóvenes iniciaron un camino que dura toda la vida, también lograron contentar sobremanera el corazón de todos aquellos que los apreciaban. Pero ¿se sentían ellos felices? Sí, totalmente.

Satisfacer los ánimos y demandas de sus conocidos (con lo cual también creyeron complacer a Dios) les dio energías y hasta cierto éxtasis para comenzar a construir una relación en la que por fin podrían conocerse. La noche de bodas fue insustancial. No rebasó el plano físico. Transcurrió como la noche de un hombre que, acostumbrado al placer barato, alquila a una prostituta, pero... peor: ante la falta de oficio ni siquiera su encuentro contó con el goce que otros por dinero consiguen. Esta primera desgracia no los alertó demasiado y tampoco lo hablaron. Así fue la segunda, tercera y *n* veces posteriores: un ritual que consiguieron mejorar hasta rebajar su insipidez, pero que nunca pudieron amar. No amaban lo que hacían con sus cuerpos y nunca se lograron amar ellos mismos, pero de una cosa sí vivían apasionados: su ministerio pastoral.

Fueron por mucho tiempo los mejores aliados en el campo de batalla de la iglesia. La coalición de poderes que armaron dio frutos y cada congregación que ministraron los despedía tomándolos como los mejores y más completos pastores, ejemplo de vida cristiana devota y eficiente y de familia unida y llena del más tierno amor. Sin proponérselo, habían desarrollado un lenguaje de programación cerebral cuyos comandos para simular amor se activaban cuando el público los rodeaba. El elogio y la mano cariñosa, que en casa faltaban, surgían con facilidad al saberse a la vista de otros. Según escalaban en el ámbito profesional, se les hacía cada vez más insoportable su vida doméstica. Llegaron a emplear casi el ciento por ciento de su tiempo en «sacrificio» por la obra, aunque más bien huían del terror que habitar bajo el mismo techo y dormir en la misma cama les causaba.

El sexo dejó de ser insípido para volverse amargo. Ella se resistía a darse. Él quería seguir el protocolo de contención de incendios. Ella cedía y lloraba en silencio después. Él la tomaba y, sin saber por qué, terminaba desagradándose aún más de su mujer. Fue por medio de ese juego diabólico que tuvieron a su único hijo. Y por doloroso que pueda ser decir esto, una vez más la presión externa fue la que decidió el curso de acción de sus vidas. ¿Qué era un matrimonio pastoral sin hijos sino una cosa incompleta? ¿Podría faltar esa hermosa prueba de la bendición divina a quienes desarrollaban tan exitosa labor y aspiraban más? Así llegó Irene, quien no fue fruto del amor y ni siquiera de la decisión de sus progenitores y, sin embargo, fue un regalo de la infinita gracia incontaminable de Dios para el mundo y para sus propios padres.

Con Irene, Alejandro y Sofía encontraron un nuevo ministerio y alivio para su infelicidad. Pero la amada hija no solo fue el tesoro de sus padres, sino también el más reciente motivo de discordia para quienes nunca supieron entenderse en otra cosa que no fuera dirigir iglesias. Les costó muchísimo aprender a cuidar y a disfrutar de su hija juntos. A algo tan descabellado como dividir el tiempo que a cada uno le correspondería pasar con la niña, como si de un objeto se tratara, llegaron. Con razón Irene no tenía recuerdos de momentos compartidos con ambos padres, a menos que también la congregación estuviera presente.

Los años pasaron y los padres, que siempre intentaron encubrir la penosa situación de la mirada escrutadora de su hija, como también hacían con el resto del público, fallaron ante la observación de una inteligente adolescente que, además, convivía bajo su mismo techo. Irene lo fue entendiendo todo, incluso los hilos que movieron su propia concepción. Su choque con la realidad fue tan grande que poco faltó para que terminara mortalmente descarrilada. El amor a Dios que sus padres se esforzaron por sembrar en ella y el amor de Dios que con sabios planes sustentó su vida la rescataron del borde del abismo al que se aproximó.

Como parte de su restauración y firme crecimiento espiritual, Irene entendió que debía ser un vínculo de amor entre sus padres. Nunca les confesó que sabía la odiosa verdad, aunque ellos sí se cuestionaron el origen de los evidentes esfuerzos de Irene por unir a su familia. Pero, como sabían que su hija era una joven llena del amor de Dios, lo tomaron como una dádiva de la Providencia, que en verdad resultó en el primer placer puro que Alejandro y Sofía pudieron gozar juntos. El abrazo fundente de su hija y su facilidad para sacarlos a un simple pero maravilloso paseo familiar, donde compartían pláticas entre padres e hija, lograron quebrar la pútrida relación que ligaba a los ministros para dar paso al afecto y a la amistad. Sí, Irene consiguió, con su trabajo y oraciones, que sus padres comenzaran a quererse como amigos que comparten la dicha de haber realizado grandes conquistas. Logró sembrar en ellos la camaradería de los soldados que por estar en la misma trinchera se juran eterna amistad. Pero nunca logró, ni por asomo, que se amaran como marido y mujer. Por eso yo, que también conviví con Alejandro y Sofía Harson, nunca me hubiera percatado de su realidad. Ante mí no tenían que fingir. Se trataban como los amigos que eran: unidos por el placer de compartir la hija que sin merecer Dios les dio y hasta por el bien realizado a muchas ovejas, aunque a costa de una vida ajena al amor conyugal que, sin embargo, tuvieron que enseñar en cientos de ocasiones cada vez que alguien solicitaba consejería matrimonial.

Se preguntará el lector cómo esta historia que se mantuvo incógnita llegó a ser develada. La respuesta, una vez más, es Irene. Antes de morir redactó, como en los viejos tiempos, una carta para sus padres, una para mí y otra para Jo. Una semana después de su fallecimiento, entregué a Alejandro y a Sofía las últimas palabras que su hija les dedicaba, una porción de las cuales nos pareció bien plasmar aquí.

Padres:

Todo el amor que en vida les transmití ahora siento que fue poco. Se acerca mi hora de volver a casa y veo con mayor luz mi propia insuficiencia. No me atormenta reconocer mi débil humanidad porque descanso en el Dios de la vida ante quien me presento como muy digna y amada, no por mis méritos, sino por los suyos. Pero evaluando mi camino, como quien relee por última vez su novela favorita, hallé que muchas de mis mejores y más generosas acciones fueron también leña y ofrenda para el altar con el cual, sin notarlo, yo misma me adoraba.

Así fue que decidí rescribir la historia de nuestra familia. Sí, mis amados, era aún una adolescente (recién celebraba mi decimoquinto aniversario de vida) cuando descubrí el pesar de la unión sin amor que los asfixiaba. Entonces supe que no fui traída a la vida por un acto de amor, sino por la frivolidad calculada de quienes no conocían otra forma de enfrentar al mundo que sacrificarse por la apariencia y así poder ejercer la profesión para la que, sin lugar a dudas, habían nacido. Padres, no los cuestioné antes y menos lo hago ahora. No es ese mi propósito. Como saben, traté con todas mis fuerzas de unirlos y lo logré. Me regocijó muchísimo ver los primeros destellos que escapaban de sus ojos al mirarse. Me sentí coronada, como campeón que impone un récord imbatible, al destruir el apático y calculado trato que se profesaban y cambiarlo por amor. Siempre supe que no era el amor que debía brotar de corazones unidos por el lazo sagrado del matrimonio, pero me contenté con ese algo y no les di la oportunidad de reflexionar. Solo les tendí la mano para sacarlos de un charco y meterlos en el estanque donde me deleitaría viéndolos, como si solo fueran peces ornamentales a los que tenía que alimentar a cambio de su belleza natural. Ya ven, padres, fui egoísta, me quise más a mí misma.

Hoy les pido perdón y los libero de la jaula de oro que les construí. Es más, les pido que actúen de conformidad con su juicio sufrido pero maduro y que no marchen ciegamente tras la visión de otros, pues el Dios de misericordia les ha dado visión propia. Cómo pude, padres míos, ayudar a miles de desconocidos a vivir vidas dignas y sinceras delante de su Dios y de sus allegados, mientras que los confinaba a ustedes a la desazón y la mentira. ¡Ya no más!

Han sido padres excepcionales. Ni por un segundo lo duden. Me enseñaron todo lo que necesitaba para amar a Dios y, cuando por su situación fueron incapaces de enseñarme más, Dios me tomó en los brazos del dolor y grabó con fuego su verdad. Cuando el infierno se dispuso a usar el malestar de sus vidas para destruir mi fe, el Cielo la afirmó más. Por eso, padres, nada les reclamo. Su hija amada vivió feliz y plena de dicha y, ahora que muere, no arrastra pesar alguno.

Por favor, como hicieron antes en mi ausencia, reciban a Robert como a un hijo, como a mí misma, y continúen guiando a Jo, junto con él, en las puras sendas de la fe. Sé que mi Dios no los desamparará, sino que los colmará de las delicias de su presencia. Padres, me voy causándoles el dolor de perder a quien pensaron que cerraría sus ojos. Pero la muerte desgraciada pierde su aguijón cuando se enfrenta a la esperanza en la resurrección gloriosa que aguardan los hijos de Dios. Sufran solo lo necesario para reponer fuerzas y, una vez con el rostro fuera del agua del dolor, no olviden dar gracias al Dios que nos unió tan largos años y tan dichosamente. Padres, me voy orgullosa de ustedes. Seguí su ejemplo y amé a otros, me di por ellos. Solo el amor me retiene a la tierra, pero un Amor más grande y desbordante me llama a una morada eterna. Promete deshacer mi corruptibilidad y presentarse ante mí cara a cara. Lo anhelo tanto que a veces olvido que muero y solo me veo naciendo en el celestial hogar. Padres, los amaré siempre.

Los espera

su Irene

Irene murió de cáncer. Una variante agresiva pero no muy dolorosa. Como sus palabras indican murió en paz y después de haberse despedido de todos. No solo miles de personas de El Santuario le rindieron respeto antes de morir, sino que Irene pudo volver a abrazar a una de las familias de nativos que durante dos años enseñó y ahora eran misioneros activos de la MIA.

Pocas veces la vi equivocarse. Poseía un juicio certero, pero también prudente y reacio a expresarse ante el calor de las primeras ideas. Una de sus observaciones más erradas tuvo lugar en una de sus cartas cuando dijo que la historia de nuestro amor cerraría el día que uno de los dos abandonara el mundo. Ella se fue, pero yo sigo siendo el amasijo al que dio forma con su amor y entendimiento del propósito divino. Podrá comenzar otra historia en mi vida, pero no será mi vida con Irene una simple introducción a lo que pueda venir; más bien lo que venga será como los párrafos nuevos que se añaden a lo que ya fue indeleblemente escrito. Mi pasado con ella esculpirá mi futuro. Nuestra historia me acompañará siempre.

Se fue en paz y dichosa mi dulce amiga y amor. La que me enseñó que el amor divino no se diluye por la maldad humana ni por todo el dolor del mundo se despidió y murió en mis brazos mientras besaba su frente.

XII

El ser y Dios

«Todos llevamos la marca indeleble de nuestro origen como seres creados.
Ante tal reminiscencia de la creación debiéramos acercarnos a los orígenes,
no alejarnos con obstinación».

*T*án solo meses después de la muerte de Irene, el mundo se detuvo ante el avance de la epidemia por coronavirus SARS-CoV-2. El cierre de las escuelas, y de la vida social en general, me motivó a mudarme más cerca de Alejandro y Sofía. Ha sido bueno para mí y para Jo. Vivimos en tres casas consecutivas y somos excelentes vecinos, buenos amigos y una familia unida y preocupada por el bienestar del otro. Los padres de Irene decidieron retirarse del ministerio y con sus ahorros compraron una propiedad grande que dividieron en dos apartamentos confortables e independientes uno del otro. Así asumieron el reto de Irene de actuar conforme a su propio juicio. Decidieron continuar como marido y mujer bajo la ley, aunque en la realidad viven como hermanos de sangre que, al quedarse solos, se juntan para ayudarse a pasar la vejez.

Mi viejo amigo Paul anda algo parecido a nosotros. Logró una relación fraternal con Esther, la menor de sus hermanas, y la paz y el respeto de los otros dos. Esther estaba pasando por un proceso de divorcio muy difícil y encontró en su verdadero hermano mayor el apoyo de un padre afectuoso y sabio. (Paul en verdad parece su padre, no solo por la edad, sino también por la gran semejanza física que lo une al progenitor que nunca conoció). Me la presentó días antes de que ella decidiera asistir a El Santuario. Aunque provenía de una familia más bien antirreligiosa, fue impactada por el testimonio de Paul y entregó su vida a Dios. Ambos hermanos viven muy cerca y en tiempos de COVID-19 su relación se ha estrechado aún más. Paul me confesó que ha encontrado en ella a la hija que Dios no le permitió tener.

Las comunidades de El Santuario han cerrado por la pandemia, pero el ministerio por medio de las redes sociales y aplicaciones de mensajería ha incrementado su labor. La consigna que hemos lanzado es hacer del hogar un santuario, un templo donde Dios sea invocado y la familia adore en comunión. Hemos tratado de brindar consuelo y orientación en tiempos de gran confusión. Ahora más que nunca cada hombre y mujer debe conocer sus raíces y emprender el viaje de retorno a Dios, a sus verdaderos orígenes.

Hasta aquí toda nuestra historia; toda la que, según creo, será útil para la edificación del oyente. Le he dado de beber al lector aguas dulces y amargas, las mismas que yo he bebido, y en medio de cada una he presentado al Dios que conozco y me ha conocido. Esta obra que escribo, tan mía como de Irene, Paul, Jo, Sofía y Alejandro, no es el intento de un patético desertor de la religión cristiana de rescribir su vida, como si hubiera sido arrastrado por un delirio abrazador que le obnubiló la visión y solo ve ahora rosas en las desgracias. No, mi propósito, desde que me senté a redactar, ha sido mostrar mediante hechos verídicos al Dios real, que no escatimó hacerse parte de la historia humana y morir en una cruz y que tampoco hoy se limita al cielo, sino que irrumpe en nuestras vivencias para llamarnos a formar parte de una creación restaurada a la gloria de su imagen. Así, la historia de todo creyente es también la historia del Dios que llama. Mi novela es, en consecuencia, una breve porción de la gran historia de Dios entre los hombres y mujeres redimidos. Asimismo, me propuse explicar el carácter y la esencia del ser humano mediante las experiencias de nuestras vidas. Si la criatura no se conoce, ¿cómo podrá conocer al Creador? ¿No es precisamente verse a sí misma, y a su especie, desde una justa perspectiva lo que le permite acercarse a Dios para constituirse en santuario de su presencia? Por último, dado que este libro será empleado como material promocional de la red de Santuarios, traté de exponer, de manera general, el origen de esta organización y los pilares teológicos y prácticos que la fundamentan.

Entonces, si ya he acabado mi narración y cumplido mis designios, ¿qué me queda por decir? Solo algo más. Me perdonará el lector por no dejarlo con el regusto de lo que hasta hoy ha acontecido a nuestros personajes y añadir un último plato a la mesa. Es que no puedo cerrar sin una reflexión final, una especie de resumen de mi pensamiento tocante al Dios de mi vida y a mi vida con Él. Por tanto, si he ganado la simpatía del lector en los capítulos precedentes, le ruego que ahora me permita disertar.

Aún hoy me estremecen las desdichas de otros, y las propias, lo suficiente como para albergar por un tiempo el sentido de decepción que produce la ira; aún me invade un sabor vomitivo ante las historias espeluznantes que con frecuencia surgen en las comunidades de fe, pero... Dios es real y me ama. Una supererupción volcánica o una explosión nuclear pueden «enfriar» el sol y producir uno o muchos años sin verano, pero nunca darán motivos para negar la existencia del astro rey. Asimismo, Dios y su amor quedan eclipsados ante nuestra humana visión por las cenizas y el polvo que expulsan el dolor y el desengaño, pero como el sol, su presencia es innegable.

Por otra parte, la ira y la incredulidad que pueden generar los inviernos volcánicos o nucleares de la vida se deben a que tenemos conciencia de verano. Todos llevamos la marca indeleble de nuestro origen como seres creados y nos angustia una vida que no refleje el cuidado del Creador, creamos o no en Él. Pero ante tal reminiscencia de la creación debiéramos acercarnos a los orígenes, no alejarnos con obstinación. Ese es el verdadero delirio del hombre que persevera en negarse a la fe: usar el recurso que lo puede acercar a Dios como arma para destruir o adaptar a conveniencia la imagen de quien del polvo lo formó. De ese error fui redimido y venciéndolo conocí al Dios verdadero, cuyo amor por mí no siempre puede operar de la forma que quisiera y, sin embargo, siempre obra a mi favor.

He entendido que al igual que a Jesús le costó la cruz amarnos, el dolor será un ingrediente inevitable en nuestro peregrinar al cielo. Primero, porque en este mundo cada ser debe morir, y donde hay muerte hay causas instrumentales. A la muerte no le interesa la edad, el sexo, ni la religión; su trabajo es matar usando los métodos que estén al alcance, sean cruentos o no, accidentales o premeditados. Segundo, porque donde hay muerte hay también maldad humana. Fue de hecho el pecado del hombre lo que abrió la era de la muerte. Así, cada vez que el comportamiento de alguien, o el propio, se pueda con justicia catalogar de «malo», nada nuevo o inesperado ha pasado, es solo un hombre o una mujer evidenciando su condición de «ser-para-la-muerte». De esta forma, el ser humano no solo muere, sino que vive para la muerte y confirma cada día el destino que merece.

Pero Jesús vino para cambiar la historia. Se encarnó para morir. Pero como la muerte no tiene autoridad sobre el justo, Cristo (el único justo) murió como no puede morir ningún ser humano: se entregó a la muerte quien no estaba bajo su poder para justificar al pecador; se sacrificó el único hombre que nunca hubiera tenido que morir. El era Dios hecho carne, divino y humano, por tanto, la muerte no lo podía retener. Así, una vez que murió y consumó su propósito redentor, y tras su resurrección, la muerte quedó impotente de por vida. El veredicto ha sido dado y es inapelable: «el que tiene al Hijo, tiene la vida», pero... también dice que hay que sufrir y morir con Él para vivir y reinar con Él. Toda su misión y retorno a la gloria fue por medio de la penosa aniquilación del cuerpo en manos de ejecutores violentos. ¿Cómo puedo creerme merecedor de un mejor trato y hacer de la cruz un amuleto de buena fortuna? El Dios de la cruz no solo no me librará de las penurias de la muerte y de la maldad humana, sino que además me pide que muera en vida a mi yo terrenal. Y es que de cada redimido también se espera un sacrificio. ¿Cuál es entonces mi esperanza? Que la muerte no me retendrá. Como un fuego apaga a otro, el sacrificio de Cristo rompió la maldición de la muerte. Aunque voy a ella y, en definitiva, me poseerá, me tendrá que liberar de su yugo ante el llamado de mi Salvador a la vida resucitada en gloria en un cuerpo que se yergue victorioso sobre su corrupción anterior. ¿No es esto suficiente? Sí, infinitamente, pero solo para los que han renacido como hijos de Dios. Quien no es hijo no ve y no entiende que esta vida es solo la antesala de la eternidad, un campo de batalla que determinará nuestras lealtades y nuestro destino final. Quien en vida no reconoció a su Salvador se aferró a su condición caída, se aferró a la muerte y vivirá muerto por la eternidad, esto es: separado de su Creador. Y aunque el infierno final sea sitio de llamas, el dolor que más arderá en cada hombre y mujer será el atizado por el conocimiento de una vida terrenal mal vivida, marcada por el rechazo consciente al Dios verdadero. Por tanto, la mayor pena del ser humano no es sufrir, sino gozar en plena conformidad con su condición de muerte.

El hombre rebelde, que no entiende esto, no rechaza, en primer lugar, un sistema ético, una religión y ni siquiera a Dios, se está rechazando a sí mismo. Al negar su origen como ser creado niega su esencia y con ello solo le queda entregarse al ideal que sus sentidos le señalan que, en tanto idea, siempre da la espalda, y no sin consecuencias, a la realidad. ¿De dónde proviene todo el activismo y las ideologías revolucionarias que pretenden rehacer al hombre y emanciparlo del justo diseño divino por considerarlo opresivo y caduco? Proviene de un hombre desesperado por el vacío que genera su desconocimiento de sí mismo. El hombre está arrojado hacia el imposible proyecto de constituirse en una realidad definida; se quiere dar forma y para ello solo cuenta con el polvo de un pensamiento obcecado. No entiende que no es legitimar cualquiera de sus pulsiones su boleto a la vida, sino reconocerse caído y con ello comenzar el retorno a sus orígenes. Su verdadero progreso es el retroceso. Quien es hoy un ser-para-la muerte fue en primer lugar un ser-para-Dios, condición última que se dejó arrebatar, pero a la que es llamado de vuelta mediante la cruz cada día que late su corazón y piensa su cerebro.

Y es que, como seres caídos en Adán, todos estamos ontológicamente desviados. El primer pecado comportó la mezcla de una sustancia pura: el hombre creado a imagen de Dios. Su rebelión arruinó su constitución. No existe, por tanto, corrupción alguna que no pueda tomar lugar en un cuerpo humano. Si al Adán original le era imposible, por su esencia incorrupta, entregarse a más de una mujer y practicar el sexo libre, distinguir entre sexo y género, robar, matar y, en definitiva, aburrirse, al Adán caído, y todos devenimos «adanes caídos» desde la concepción, le era natural cualquier práctica humana actual o aún no inventada. Hablar de hechos *contra natura* solo tiene sentido si la referencia recae en el primer Adán; al segundo todo le es natural, aunque no todo lo practique.

Dos factores fundamentales contienen al hombre y a la mujer (practicantes en potencia de toda degradación): la cultura y su propia individualidad. La cultura es el freno de la colectividad que, puesta de acuerdo en un tiempo y espacio determinados, regula la actividad humana y con ello la libertad de la especie. La cultura pone «cera en los oídos» o, más bien, «amarra a un mástil» al hombre, que de otra manera se desbocaría por el «canto de las sirenas», imposibilitado a controlarse ante el dulce y constante llamado que sus pasiones experimentan. A la vez, cada individuo es terreno fértil a un grupo de pulsiones, mientras que otras resultan fáciles de ignorar. Pero la cultura es un organismo vivo que evoluciona y con ella el individuo. Así, en el afán humano de constituirse, la cultura es transformada con violencia para dar cabida a nuevas generaciones cada vez más aisladas, en sus afectos, del diseño original. Así avanza la historia de esta humanidad.

Por tanto, el hombre que en verdad desee progresar no debiera entregarse a la cultura, ni solo juzgar sobre la base subjetiva de su individualidad; debe entregarse a quien lo creó, debe retornar. Pero ¿acaso no es el cristianismo una cultura más? ¿No ha sido la base de la cultura occidental y el causante de conquistas barbáricas, siglos de manipulación e ignorancia, discriminación y todo acto atroz concebible? Pues sí, el cristianismo como sinónimo de cultura humana ha fracasado y escrito páginas de horror (al igual que cualquier otro sistema cultural). Sin embargo, no existe tal cosa como países cristianos o cultura cristiana. Solo existen cristianos. Si políticos autodenominados cristianos logran establecer un sistema de gobierno que refleje los valores bíblicos y favorezca estas expresiones religiosas, eso no constituye en cristianos a los ciudadanos de ese país ni es una evidencia a favor de la autenticidad de la fe de tales ministros. Es solo política, y el apellido cristiano que se le confiere a sus manifestaciones no dice nada sobre el cristianismo y sí mucho sobre la política. El único cristianismo real nace en el individuo y se circunscribe a él y no puede devenir en simples convenciones de masas sin perder su esencia. Por otra parte, cada cristiano se sabe parte de un pueblo, se expresa en él y reconoce el llamado de Dios a la iglesia en cuanto comunidad de redimidos. Pero al igual que el mar no crea manadas de delfines, sino que estos se asocian al nacer como tal, no es la sociedad y sus estructuras la que define la fe de la persona, aunque cada persona que renace en la fe se integra en una comunidad de creyentes y se constituye en sujeto de la iglesia universal de Cristo. Entonces, sin importar lo que en un pasado se haya hecho —dando culto a la mentira— en nombre de Dios, cada mujer y hombre han de rendirse al Dios real que los creó y en quien único pueden encontrar plenitud. Pero ¿cuál es ese Dios real? Legítima pregunta que surge al afrontar a este mundo en el que infinitas propuestas de verdad compiten por preponderar.

Es un hecho que el ser humano, más que cualquier otro animal, posee una gran capacidad para crear. Su supervivencia depende de ello. Pero no todo el fruto de su pensamiento privilegiado es bueno o, muchas veces, aun cuando es bueno, lo usa para su propia destrucción. Por ejemplo, puede crear odio y amor, guerra y paz, riqueza y pobreza, saciedad y hambre, energía para iluminar hogares o para incinerar poblaciones, sistemas de salud para salvar o para asesinar inocentes, redes para comunicarse o para difamar y manipular; puede crear vida y también muerte. En especial, cuando se unen, esa capacidad se multiplica por el infinito. ¡Hasta logran crear dioses! Y los usan para vivir acorde a sus expectativas. Una vez que han sido fabricados, les atribuyen grandes poderes y significados y los reverencian como fuentes de toda existencia. Los creadores crean para hacerse devotos de su creación y rendir tributo a sus criaturas por el don de la vida.

Por otra parte, si bien muchos viven convencidos de la vitalidad de sus creaciones, otros, sin embargo, creen que conocen todo el misterio y he aquí un error tan lamentable como el anterior: la especie creadora ha llegado a convencerse a sí misma de que lo ha creado todo. Cada vez son más los que olvidan que la humanidad también ha sido creada y que tuvo un origen singular. Pero ¿quién la creó? Dios es la respuesta sin lugar a dudas. Pero ¿qué dios?, aún persiste la pregunta.

He aquí mi convicción: el ser humano fue creado por el único dios increado. Y ese solo puede ser o el dios del azar o el Dios eterno. El primero crea espontáneamente; el segundo, con intención. La obra del primero no se puede explicar: todo empezó a surgir, incluso él mismo. Este es el dios que creando se creó y que no existe sin su creación. La obra del segundo, sin embargo, nos deslumbra. Este Dios no necesitaba criatura alguna para ser. Su acto de crear fue pura bondad. Nos insertó en su tiempo-espacio eterno. Nos hizo a su semejanza: nos hizo creadores. La gran maldad humana ha sido siempre crear otros dioses para así deshacerse del siempre Otro, el Creador trascendente. Así ha ocurrido porque, desde la gran caída, seguir la verdad se ha hecho repulsivo para la humanidad y nos cuesta lo imposible asirnos de lo real. Nosotros, y no las inteligencias artificiales, hemos creado a *Matrix* y no queremos despertar del siniestro embeleso de su placer simulado. Preferimos posponer la inevitable desconexión y a veces, como Cypher, hasta enchufarnos de nuevo a la ilusión de la cual empezábamos a despertar. Solo los hijos de Dios, que lo aman y conocen, anhelan la gloria de morar en Sion, donde único el ser humano vivirá como tal, ajeno a la degradación que sufrió su divina naturaleza inicial.

Como parte del espejismo de *Matrix*, muchos viven anhelando el «mundo mejor» que, contrario a lo que creen, no llegará por mano de ningún hombre. Solo Dios dirige desde el caos que impera en nuestras sociedades y solo Él le pondrá fin. Escribo estas palabras mientras millones viven contagiados por un virus mortal y cientos de miles han muerto. La desesperación ha invadido a miles de hogares y muchos hospitales no dan abasto con tantos pacientes que no pueden respirar. Los medios de comunicación reflejan opiniones divididas en cuanto a la participación de Dios en el actual mundo «covidiano». Desde excluirlo por completo, por ni siquiera creer en Él, y aducir causas naturales como única explicación, hasta presentar el panorama actual como un cuadro apocalíptico de juicios (en el que el jinete del caballo amarillento del cuarto sello se adelanta y escribe una precuela que cobra vida en tiempo real para explicitar lo que, según los textos, vendrá después). Lo primero es demasiado ingenuo, lo segundo, extremista e infundado. Yo solo creo en un Dios soberano que rige sobre un mundo gobernado por el caos que nosotros mismos hemos erigido. Él no tiene que ser la causa primaria de las desgracias, estas llegan como consecuencia natural. Sin embargo, Él es el Dios que permite y de cuyo conocimiento ningún detalle escapa. Y creo que cuando el Todopoderoso permite también causa. ¿Es Dios el responsable de la muerte de tantos inocentes cuya única culpa fue recibir un abrazo o un beso mortal? No, de ningún modo. ¿Pudo haberlo evitado? Sí, sin discusión. Esa «causa secundaria del mal» que se pudiera atribuir a Dios no lo inculpa, más bien lo presenta como juez. ¿Es culpable de homicidio el magistrado que dicta justa y legal sentencia de muerte? No, y tampoco lo es el funcionario que tira del gatillo, inyecta la dosis letal o activa el interruptor eléctrico. Solo ejecutan sentencia de la cual el único culpable es quien mismo muere. Por tanto, en un sentido general, este «virus de la muerte» tocará siempre puertas de culpables: hombres y mujeres pecadores en esencia. Sin embargo, ¿es esta epidemia en un sentido estricto y personal un decreto en marcha del juicio de Dios? Sí, aunque solo para algunos. Otros solo sufren por ser parte de esta creación caída, y solo Dios sabe cómo tratar con sus vidas. En consecuencia, no existe una forma única de asociar a Dios con esta pandemia —aun cuando

Él gobierna sobre cada suceso—. Intentarlo es una necedad, a menos que se estudien a fondo los más de siete mil trescientos millones de habitantes del planeta. Con todo, la búsqueda de un «por qué a este y a aquel no» seguiría resultando infructuosa, dado que ningún ser humano puede meterse en la mente del Señor. Solo Dios conoce las razones de Dios y solo para Él resulta lógico lo que a cada ser de la Tierra acontece; solo Él lo permite, lo dirige y entiende.

El megáfono de Dios está sonando. Una diminuta partícula nos está mostrando la pavorosa vulnerabilidad de la condición caída del ser humano. No busquemos más en el negocio de la política la solución de nuestras miserias. No nos conformemos tampoco con el salvoconducto temporal de la ciencia. La especie humana no se levantará a menos que se postre de rodillas y confiese al autor de la vida. Sí, cada hombre y mujer debe emanciparse y pelear hasta la muerte contra lo que priva de justa vida a su igual y a su planeta, pero si no asesta sus golpes contra la verdadera causa del mal ni aprende a sembrar en el cielo, terminará desgastado o feliz como un niño ingenuo que se deja convencer por las minucias de un logro trivial, cuya relevancia no trasciende el rostro alegre y dura tanto como la mejor sonrisa.

Volvamos a Dios. Su santuario está abierto. La gran fiesta de bodas del Hijo aún aguarda por sus invitados. Vengan los hambrientos y sáciense de bien; los desnudos y vístanse de dignidad; los que perdieron aquí su noción de hogar y encuentren las moradas eternas. Retorne el ser a sus orígenes, cuando a imagen de Dios fue creado, y una vez más el Aliento de Vida lo levantará del polvo para que ni el mal ni la muerte lo toque jamás. Sí, hagamos juntos de cada corazón un santuario y a cada paso de retorno alentemos a otros a regresar. Sea así. ¡Amén!

Epílogo

*A*mabilísimo lector:

He terminado la historia y ha llegado mi turno de presentarme. Por supuesto que ya me has conocido bastante si has leído los cientos de párrafos de esta narración, que no es mía, aunque como tal la escribí. Fue Robert Fridnand quien me pidió agarrar la pluma en su lugar. Se sentía más cómodo al hablar y relatar sus eventos personales que si los hubiera tenido que reunir para plasmarlos él mismo en el papel. Le agradezco mucho haber puesto tanta confianza en mí.

Cuando todos pensábamos que nuestro amigo y director se tomaría un largo receso para asimilar su pérdida, él decidió trabajar aún más. Tan solo ocho días después de habernos quedado sin Irene —porque Irene era de todos—, Robert irrumpió en mi oficina como un viento incontenible y, con un rostro iluminado por una sincera satisfacción, me dijo: «Escribiremos»; hizo una pausa que me pareció larga, pero que supe respetar hasta el final, y continuó con una exposición detallada de lo que iba a ser mi trabajo principal durante los próximos tres meses.

La primera parte de ese periodo fue intensa. Robert no solo me hizo partícipe de su corazón y mente al extremo del detalle, sino también de sus cartas (una gran colección) y otros elementos personales. Fue una ardua labor elegir de entre tanta información valiosa la más oportuna para el material que queríamos redactar. Ambos nos hicimos dueños de la misma idea (que nunca fue escribir un texto biográfico que resaltara a personalidad alguna): lograr una obra que, desde los matices y redondeos propios de la ficción, fuera coherente con sucesos reales que necesitaban ser bien expresados e interpretados. Los hechos, por tanto, son verídicos. Robert mismo se aseguró, tras constantes revisiones del manuscrito, que no hubiera, en esencia, ninguna distorsión de la verdad. Pero son las contradicciones propias del corazón humano que sufre y reflexiona al enfrentar la realidad, y las soluciones que en Dios o fuera de Él encuentra, lo que más nos interesó enfatizar. ¿No son estos problemas y conflictos, como diría Faulkner (autor de otro Santuario), lo único que amerita la pena, la agonía y el sudor de escribir? ¿No goza Camus de igual razón cuando, desde la cima del reconocimiento, expresó que el escritor tiene que estar al servicio de quienes sufren la historia para conmoverlos con una imagen privilegiada de los sufrimientos y la felicidad? Pues bien, nosotros también hemos escrito para el ser que sufre, pero no para el que se rinde ante la primera propuesta de alivio inmediato, sino para el que sabe que nunca podrá salirse de la línea de combate. Amigos, tampoco pretendemos salvar a nadie. (No se puede desear lo imposible). Solo les entregamos una gran porción de lo que somos y hemos vivido y oramos con fervor para que sea Dios su salvador.

Al concluir la obra, Robert me pidió que fuera autor de ella junto con él, pero me negué sin posibilidad de renegociación. Este texto es su vida llevada al plano de un papel, no cabe otro autor. Solo le pedí redactar a mi nombre este epílogo, pero el haber trabajado con tanta devoción durante tres meses me hizo fundirme con la historia como si fuera mía, por eso añadí la disertación final del capítulo 12. Aquí se invirtieron los papeles: eran mías las ideas (aunque fusionadas con todo el entramado precedente) y Robert quien disponía de ellas para encauzarlas mejor. Espero que la lectura de aquel resumen final haya sido tan edificante como fue para nosotros escribirlo.

He terminado y me siento feliz. He sido privilegiado al redactar la historia incógnita de El Santuario sentado en una de sus oficinas con su director y fundador (mi amigo, además). He dado un viaje al pasado y hacia el abstracto pensamiento. La Providencia me ha guiado a materializar lo intangible y en tal proceso mucho y para mucho bien he sido tocado. He recibido la mejor paga: el rostro alegre de quien admiro y sus palabras de gratitud (aunque yo le debo más). Así me dijo: «Fernández, lo hemos hecho bien».

Hasta luego, lector. Sírvete a gusto de nuestro trabajo. Mejor aún, permite que el Altísimo te sirva.

Un abrazo,

Roberto Fernández-Acosta